壹本 ONE BOOK

梁实秋精读

雅舍小品

梁实秋 著

浙江文艺出版社
Zhejiang Literature & Art Publishing House

目录

雅舍小品

雅舍小品续集/三集/四集

集外

雅舍小品

“雅舍”非我所有，我仅是房客之一。但思“天地者万物之逆旅”，人生本来如寄，我住“雅舍”一日，“雅舍”即一日为我所有。即使此一日亦不能算是我有，至少此一日“雅舍”所能给予之苦辣酸甜，我实躬受亲尝。

雅　舍

到四川来，觉得此地人建造房屋最是经济。火烧过的砖，常常用来做柱子，孤零零地砌起四根砖柱，上面盖上一个木头架子，看上去瘦骨嶙嶙，单薄得可怜；但是顶上铺了瓦，四面编了竹篦墙，墙上敷了泥灰，远远地看过去，没有人能说不像是座房子。我现在住的“雅舍”正是这样一座典型的房子。不消说，这房子有砖柱，有竹篦墙，一切特点都应有尽有。讲到住房，我的经验不算少，什么“上支下摘”“前廊后厦”“一楼一底”“三上三下”“亭子间”“茆草棚”“琼楼玉宇”和“摩天大厦”，各式各样，我都尝试过。我不论住在哪里，只要住得稍久，对那房子便发生感情，非不得已我还舍不得搬。这“雅舍”，我初来时仅求其能蔽风雨，并不敢存奢望，现在住了两个多月，我的好感油然而生。虽然我已渐渐感觉它并不能蔽风雨，因为有窗而无玻璃，风来则洞若凉亭，有瓦而空隙不少，雨来则渗如滴漏。纵然不能蔽风雨，“雅舍”还是自有它的个性。有个性就可爱。

“雅舍”的位置在半山腰，下距马路有七八十层的土阶。前面是阡陌螺旋的稻田。再远望过去是几抹葱翠的远山，旁边有高粱地，有竹林，有水池，有粪坑，后面是荒僻的榛莽未除的土山坡。若说地点荒凉，则月明之夕，或风雨之日，亦常有客到，大抵好友不嫌路远，路远乃见情谊。客来则先爬几十级的土阶，进得屋来仍须上坡，因为屋内地板乃依山势而铺，一面高，一面低，坡度甚大，客来无不惊叹，我则久而安之，每日由书房走到饭厅是上坡，饭后鼓腹而出是下坡，亦不觉有大不便处。

“雅舍”共有六间，我居其二。篦墙不固，门窗不严，故我与邻人彼此均可互通声息。邻人轰饮作乐，咿唔诗章，喁喁细语，以及鼾声，喷嚏声，吮汤声，撕纸声，脱皮鞋声，均随时由门窗户壁的隙处荡漾而来，破我岑寂。入夜则鼠子瞰灯，才一合眼，鼠子便自由行动，或搬核桃在地板上顺坡而下，或吸灯油而推翻烛台，或攀援而上帐顶，或在门框桌脚上磨牙，使得人不得安枕。但是对于鼠子，我很惭愧地承认，我“没有法子”。“没有法子”一语是被外国人常常引用着的，以为这话最足代表中国人的懒惰隐忍的态度。其实我的对付鼠子并不懒惰。窗上糊纸，纸一戳就破；门户关紧，而相鼠有牙，一阵咬便是一个洞洞。试问还有什么法子？洋鬼子住到“雅舍”里，不也是“没有法子”？比鼠子更骚扰的是蚊子。“雅舍”的蚊风之盛，是我前所未见的。“聚蚊成雷”真有其事！每当黄昏时候，满屋里磕头碰脑的全是蚊子，又黑又大，骨骼都像是硬的。在别处蚊子早已肃清的时候，在“雅舍”则格外猖獗，来客偶不留心，则两腿伤处累累隆起如玉蜀黍，但是我仍安之。冬天一到，蚊子自然绝迹，明年夏天——谁知道我还是否住在“雅舍”！

“雅舍”最宜月夜——地势较高，得月较先。看山头吐月，红盘乍涌，一霎间，清光四射，天空皎洁，四野无声，微闻犬吠，坐客无不悄然！舍前有两株梨树，等到月升中天，清光从树间筛洒而下，地上阴影斑斓，此时尤为幽绝。直到兴阑人散，归房就寝，月光仍然逼近窗来，助我凄凉。细雨蒙蒙之际，“雅舍”亦复有趣。推窗展望，俨然米氏章法，若云若雾，一片弥漫。但若大雨滂沱，我就又惶悚不安了，屋顶湿印到处都有，起初如碗大，俄而扩大如盆，继则滴水乃不绝，终乃屋顶灰泥突然崩裂，如奇葩初绽，砉然一声而泥水下注，此刻满室狼藉，抢救无及。此种经验，已数见不鲜。

“雅舍”之陈设，只当得简朴二字，但洒扫拂拭，不使有纤尘。我非显要，故名公巨卿之照片不得入我室；我非牙医，故无博士文凭张挂壁间；我不业理发，故丝织西湖十景以及电影明星之照片亦均不能张我四壁。我有一几一椅一榻，酣睡写读，均已有着，我亦不复他求。但是陈设虽简，我却喜欢翻新布置，西人常常讥笑妇人喜欢变更桌椅位置，以为这是妇人天性喜变之一征。诬否且不论，我是喜欢改变的。中国旧式家庭，陈设千篇一律，正厅上是一条案，前面一张八仙桌，一边一把靠椅，两旁是两把靠椅夹一只茶儿。我以为陈设宜求疏落参差之致，最忌排偶。“雅舍”所有，毫无新奇，但一物一事之安排布置俱不从俗。人入我室，即知此是我室。笠翁《闲情偶寄》之所论，正合我意。

“雅舍”非我所有，我仅是房客之一。但思“天地者万物之逆旅”，人生本来如寄，我住“雅舍”一日，“雅舍”即一日为我所有。即使此一日亦不能算是我有，至少此一日“雅舍”所能给予之苦辣酸甜，我实躬受亲尝。刘克庄词：“客里似家家似寄。”我此时此刻卜居“雅舍”，“雅舍”即似我家。其实似家似寄，我亦分辨不清。

长日无俚，写作自遣，随想随写，不拘篇章，冠以“雅舍小品”四字，以示写作所在，且志因缘。

音　乐

一个朋友来信说："……我从来没有像现在这样烦恼过。住在我的隔壁的是一群在×××服务的女孩子，一回到家便大声歌唱，所唱的无非是些××歌曲，但是她们唱的腔调证明她们从来没有考虑过原制曲者所要产生的效果。我不能请她们闭嘴，也不能喊'停'！只得像在理发馆洗头时无可奈何地用棉花塞起耳朵来。……"

我同情于这位朋友，但是他的烦恼不是他一个人有的。我常想，音乐这样东西，在所有的艺术里，是最富于侵略性的。别种艺术，如图画雕刻，都是固定的，你不高兴欣赏便可以不必寓目，各不相扰；唯独音乐，声音一响，随着空气波荡而来，照直侵入你的耳朵，而耳朵平常都是不设防的，只得毫无抵御地任它震荡刺激。自以为能书善画的人，诚然也有令人不舒服的时候；据说有人拿着素扇跪在一位书画家面前，并非敬求墨宝，而是求他高抬贵手，别糟蹋他的扇子。这究竟是例外情形。书画家并不强迫人家瞻仰他的作品，而所谓音乐也者，则对于凡是在音波所及的范围以内的人，一律强迫接受，也不管其效果是沁人肺腑，抑是令人作呕。

我的朋友对隔壁音乐表示不满，那情形还不算严重；我曾经领略过一次四人合唱，使我以后对于音乐会一类的集会不敢轻易问津。一阵彩声把四位歌者送上演台，钢琴声响动，四位歌者同时张口，我登时感觉有五种高低疾徐全然不同的调子乱擂我的耳鼓，四位歌者唱出四个调子，第五个声音是从钢琴里发出来的！五缕声音搅作一团，全不和谐。当时我就觉得心旌战动，飘飘然如失却重心，又觉得身临歧路，彷徨无主的样子。我回顾四座，大家都面面相觑，好像都各自准备逃生，一种分崩离析的空气弥漫于全室。像这样的音乐是极伤人的。

“音乐的耳朵”不是人人有的，这一点我承认，也许我就是缺乏这种耳朵。也许是我的环境不好，使我的这种耳朵，没有适当地发育。我记得在学校宿舍里住的时候，对面楼上住着一位音乐家，还是“国乐”，每当夕阳下山，他就临窗献技，引吭高歌，配合着胡琴他唱“我好比……”，在这时节我便按捺不住，颇想走到窗前去大声地告诉他，他好比是什么。我顶怕听胡琴，北平最好的名手××我也听过多少次数，无论他技巧怎样纯熟，总觉得唧唧的声音像是指甲在玻璃上抓。别种乐器，我都不讨厌，曾听古琴弹奏一段《梧桐雨》，琵琶乱弹一段《十面埋伏》，都觉得那确是音乐，唯独胡琴与我无缘。莎士比亚的《威尼斯商人》里曾说起有人一听见苏格兰人的风笛便要小便，那只是个人的怪癖。我对胡琴的反感亦只是一种怪癖吧？皮黄戏里的青衣花旦之类，在戏院广场里令人毛发倒竖，若是清唱则尤不可当，嘤然一叫，我本能地要抬起我的脚来，生怕是脚底下踩了谁的脖子！近听汉戏，黑头花脸亦唧唧锐叫，令人坐立不安；秦腔尤为激昂，常令听者随之手忙脚乱，不能自已。我可以听音乐，但若声音发自人类的喉咙，我便看不得粗了脖子红了脸的样子。我看着危险！我着急。

真正听京戏的内行人怀里揣着两包茶叶，踱到边厢一坐，听到妙处，摇头摆尾，随声击节，闭着眼睛体味声调的妙处，这心情我能了解，但是他付了多大的代价！他听了多少不愿意听的声音才能换取这一点音乐的陶醉！到如今，听戏的少，看戏的多。唱戏的亦竞以肺壮气长取胜，而不复重韵味，唯简单节奏尚是多数人所能体会，铿锵的锣鼓，油滑的管弦，都是最简单不过的，所以缺乏艺术教养的人，如一般大腹贾，大人先生，大学教授，大家闺秀，大名士，大豪绅，都趋之若鹜，自以为是在欣赏音乐！

在中西文化的交流中，我们的音乐（戏剧除外）也在蜕变，从“毛毛雨”起以至于现在流行×××之类，都是中国小调与西洋某一级音乐的混合，时而中菜西吃，时而西菜中吃，将来成为怎样的定型，我不知道。我对音乐既不能做丝毫贡献，所以也很坦然地甘心放弃欣赏音乐的权利，除非为了某种机缘必须“共襄盛举”不得不到场备员。至于像我的朋友所抱怨的那种隔壁歌声，在我则认为是一种不可避免的自然现象，恰如我们住在屠宰场的附近便不能不听见猪叫一样，初听非常凄绝，久后亦就安之。夜深人静，荒凉的路上往往有人高唱“一马离了西凉界……”，我原谅他，他怕鬼，用歌声来壮胆，其行可恶，其情可悯。但是在天微明时练习吹喇叭，则是我所不解。“打——搭——大——滴——”一声比一声高，高到声嘶力竭，吹喇叭的人显然是很吃苦，可是把多少人的睡眠给毁了，为什么不在另一个时候练习呢？

在原则上，凡是人为的音乐，都应该宁缺毋滥。因为没有人为的音乐，顶多是落个寂寞。而按其实，人是不会寂寞的。小孩的哭声，笑声，小贩的吆喝声，邻人的打架声，市里的喧豗声，到处“吃饭了吗？”“吃饭了吗？”的原是应酬而现在变成性命交关的回答声——实在寂寞极了，还有村里的鸡犬声！最令人难忘的还有所谓天籁。秋风起时，树叶飒飒的声音，一阵阵袭来，如潮涌，如急雨，如万马奔腾，如衔枚疾走；风定之后，细听还有枯干的树叶一声声地打在阶上。秋雨落时，初起如蚕食桑叶，窸窸窣窣，继而淅淅沥沥，打在蕉叶上清脆可听。风声雨声，再加上虫声鸟声，都是自然的音乐，都能使我发生好感，都能驱除我的寂寞，何贵乎听那“我好比……我好比……”之类的歌声？然而此中情趣，不足为外人道也。

谦　让

谦让仿佛是一种美德，若想在眼前的实际生活里寻一个具体的例证，却不容易。类似谦让的事情近来似很难得发生一次。就我个人的经验说，在一般宴会里，客人入席之际，我们最容易看见类似谦让的事情。

一群客人挤在客厅里，谁也不肯先坐，谁也不肯坐首座，好像“常常登上座，渐渐入祠堂”的道理是人人所不能忘的。于是你推我让，人声鼎沸。辈分小的，官职低的，垂着手远远地立在屋角，听候调遣。自以为有占首座或次座资格的人，无不攘臂而前，拉拉扯扯，不肯放过他们表现谦让的美德的机会。有的说：“我们叙齿，你年长！”有的说：“我常来，你是稀客！”有的说：“今天非你上座不可！”事实固然是为让座，但是当时的声浪和唾沫星子却都表示像在争座。主人觍着一张笑脸，偶然插一两句嘴，作鹭鸶笑。这场纷扰，要直到大家的兴致均已低落，该说的话差不多都已说完，然后急转直下，突然平息，本就该坐上座的人便去就了上座，并无苦恼之相，而往往是显着踌躇满志顾盼自雄的样子。

我每次遇到这样谦让的场合，便首先想起《聊斋》上的一个故事：一伙人在热烈地让座，有一位扯着另一位的袖子，硬往上拉，被拉的人硬往后躲，双方势均力敌，突然间拉着袖子的手一松，被拉的那只胳臂猛然向后一缩，胳臂肘尖正撞在后面站着的一位驼背朋友的两只特别凸出的大门牙上，喀吱一声，双牙落地！我每忆起这个乐极生悲的故事，为明哲保身起见，在让座时我总躲得远远的。等风波过后，剩下的位置是我的，首座也可以，坐上去并不头晕，末座亦无妨，我也并不因此少吃一嘴。我不谦让。

考让座之风之所以如此地盛行，其故有二。第一，让来让去，每人总有一个位置，所以一面谦让，一面稳有把握。假如主人宣布，位置只有十二个，客人却有十四位，那便没有让座之事了。第二，所让者是个虚荣，本来无关宏旨，凡是半径都是一般长，所以坐在任何位置（假如是圆桌）都可以享受同样的利益。假如明文规定，凡坐过首席若干次者，在铨叙上特别有利，我想让座的事情也就少了。我从不曾看见，在长途公共汽车车站售票的地方，如果没有木制的长栅栏，而还能够保留一点谦让之风！因此我发现了一般人处世的一条道理，那便是：可以无须让的时候，则无妨谦让一番，于人无利，于己无损；在该让的时候，则不谦让，以免损己；在应该不让的时候，则必定谦让，于己有利，于人无损。

小时候读到孔融让梨的故事，觉得实在难能可贵，自愧弗如。一只梨的大小，虽然是微不足道，但对于一个四五岁的孩子，其重要或者并不下于一个公务员之心理盘算简、荐、委。有人猜想，孔融那几天也许肚皮不好，怕吃生冷，乐得谦让一番。我不敢这样妄加揣测。不过我们要承认，利之所在，可以使人忘形，谦让不是一件容易的事。孔融让梨的故事，发扬光大起来，确有教育价值，可惜并未发生多少实际的效果：今之孔融，并不多见。

谦让作为一种仪式，并不是坏事，像天主教会选任主教时所举行的仪式就蛮有趣。就职的主教照例地当众谦逊三回，口说“nolo episcopari”，意即“我不要当主教”，然后照例地敦促三回终于勉为其难了。我觉得这样的仪式比宣誓就职之后再打通电声明固辞不获要好得多。谦让的仪式行久了之后，也许对于人心有潜移默化之功，使人在争权夺利奋不顾身之际，不知不觉地也举行起谦让的仪式。可惜我们人类的文明史尚短，潜移默化尚未能奏大效，露出原始人的狰狞面目的时候要比雍雍穆穆地举行谦让仪式的时候多些。我每次从公共汽车售票处杀进杀出，心里就想，先王以礼治天下，实在有理。

衣 裳

莎士比亚有一句名言：“衣裳常常显示人品。”又有一句：“如果我们沉默不语，我们的衣裳与体态也会泄露我们过去的经历。”可是我不记得是谁了，他曾说过更彻底的话：我们平常以为英雄豪杰之士，其仪表堂堂确是与众不同，其实，那多半是衣裳装扮起来的，我们在画像中见到的华盛顿和拿破仑，固然是奕奕赫赫，但如果我们在澡堂里遇见二公，赤条条一丝不挂，我们会要有异样的感觉，会感觉得脱光了大家全是一样。这话虽然有点玩世不恭，确有至理。

中国旧式士子出而问世必须具备四个条件：一团和气，两句歪诗，三斤黄酒，四季衣裳；可见衣裳是要紧的。我的一位朋友，人品很高，就是衣裳“普罗”一些，曾随着一伙人在上海最华贵的饭店里开了一个房间，后来走出饭店，便再也不得进来，司阍的巡捕不准他进去，理由是此处不施舍。无论怎样解释也不得要领，结果是巡捕引他从后门进去，穿过厨房，到账房内去理论。这不能怪那巡捕。我们几曾看见过看家的狗咬过衣裳楚楚的客人？

衣裳穿得合适，煞费周章，所以内政部礼俗司虽然绘定了各种服装的式样，也并不曾推行，幸而没有推行！自从我们剪了小辫儿以来，衣裳就没有了体制，绝对自由，中西合璧的服装也不算违禁，这时候若再推行"国装"，只是于错杂分歧之中更加重些纷扰罢了。

李鸿章出使外国的时候，袍褂顶戴，完全是"满大人"的服装。我虽无爱于清朝章制，但对于他的不穿西装，确实是很佩服的。可是西装的势力毕竟太大了，到如今理发匠都是穿西装的居多。我忆起了二十年前我穿西装的一幕。那时候西装还是一件比较新奇的事物，总觉得是有点"机械化"，其构成必相当复杂。一班几十人要出洋，于是西装逼人而来。试穿之日，适值严冬，或缺皮带，或无领结，或衬衣未备，或外套未成，但零件虽然不齐，吉期不可延误，所以一阵骚动，胡乱穿起，有的宽衣博带如稻草人，有的细腰窄袖如马戏丑，大体是赤着身体穿一层薄薄的西装裤，冻得涕泗交流，双膝打战，那时的情景足当得起"沐猴而冠"四个字。当然后来技术渐渐精进，有的把裤脚管烫得笔直，视如第二生命，有的在衣袋里插一块和领结花色相同的手绢，俨然是一个绅士，猛然一看，国籍都要发生问题。

西装是有一定的标准的。譬如，做裤子的材料要厚，可是我看见过有人在光天化日之下穿夏布西装裤，光线透穿，真是骇人！衣服的颜色要朴素沉重，可是我见过著名自诩讲究穿衣裳的男子们，他们穿的是色彩刺目的宽格大条的材料，颜色惊人的衬衣，如火如荼的领结，那样子只有在外国杂耍场的台上才偶然看得见！大概西装破烂，固然不雅，但若崭新而俗恶则更不可当。所谓洋场恶少，其气味最下。

中国的四季衣裳，恐怕要比西装更麻烦些。固然西装讲究起来也是不得了的，历史上著名的一例，詹姆斯第一的朋友白金翰爵士有衣服一千六百二十五套。普通人有十套八套的就算很好了。中装比较地花样要多些，虽然终年一两件长袍也能度日。中装有一个好处，舒适。中装像是变形虫，没有一定的形式，随着穿的人身体变。不像西装，中装肩膊上不用填麻布使你冒充宽肩膀，脖子上不用戴枷系索，裤子里面有的是“生存空间”；而且冷暖平匀，不像西装咽喉下面一块只是一层薄衬衣，容易着凉，裤子两边插手袋处却又厚至三层，特别郁热！中国长袍还有一点妙处，马彬和先生（英国人入我国籍）曾为文论之。他说这钟形长袍是没有差别的，平等的，一律地遮掩了贫富贤愚。马先生自己就是穿一件蓝长袍，他简直崇拜长袍。据他看，长袍不势利，没有阶级性，可是在中国，长袍同志也自成阶级，虽然四川有些抬轿的也穿长袍。中装固然比较随便，但亦不可太随便，例如脖子底下的纽扣，在西装可以不扣，长袍便非扣不可，否则便不合于“新生活”。再例如虽然在蚊虫甚多的地方，裤脚管亦不可放进袜筒里去，做绍兴师爷状。

男女服装之最大不同处，便是男装之遮盖身体无微不至，仅仅露出一张脸和两只手可以吸取日光紫外线，女装的趋势，则求遮盖愈少愈好。现在所谓旗袍，实际上只是大坎肩，因为两臂已经齐根划出。两腿尽管细直如竹筷，扭曲如松根，也往往一双双地摆在外面。袖不蔽肘，赤足裸腿，从前在某处都曾悬为厉禁，在某一种意义上，我们并不惋惜。还有一点可以指出，男子的衣服，经若干年的演化，已达到一个固定的阶段，式样色彩大概是千篇一律的了，某一种人一定穿某一种衣服，身体丑也好，美也好，总是要罩上那么一套。女子的衣裳则颇多个人的差异，仍保留大量的装饰的动机，其间大有自由创造的余地。既是创造，便有失败，也有成功。成功者便是把身体的优点表彰出来，把劣点遮盖起来；失败者便是把劣点显示出来，优点根本没有。我每次从街上走回来，就感觉得我们除了优生学外，还缺乏妇女服装杂志。不要以为妇女服装是琐细小事，法朗士说得好：“如果我死后还能在无数出版书籍当中有所选择，你想我将选什么呢？……在这未来的群籍之中我不想选小说，亦不选历史，历史若有兴味亦无非小说。我的朋友，我仅要选一本时装杂志，看我死后一世纪中妇女如何装束。妇女装束之能告诉我未来的人文，胜过于一切哲学家，小说家，预言家及学者。”

衣裳是文化中很灿烂的一部分。所以裸体运动除了在必要的时候之外（如洗澡等等），我总不大赞成。

结婚典礼

结婚这件事，只要成年的一男一女两相情愿就成，并不需要而且不可以有第三者的参加。但是民法第八百九十二条规定要有公开仪式，再加上社会的陋俗（大部分似“野蛮的遗留”），以及爱受洋罪者的参酌西法，遂形成了近年来通行于中上阶级之所谓结婚典礼，又名“文明结婚”，犹戏中之有“文明新戏”。婚姻大事，不可潦草。单凭父母之命媒妁之言就把一对无辜男女捏合起来，这不叫作潦草；只因一时冲动而遂盲目地订下偕老之约，这也不叫潦草；唯有不请亲戚朋友街坊四邻来胡吃乱叫，或不当众提出结婚人来验明正身，则谓之曰潦草，又名不隆重。假如人生本来像戏，结婚典礼便似“戏中戏”，越隆重则越像。这出戏定期开演，先贴海报，风雨无阻，“撒网”敛钱，鼎惠不辞；届时悬灯结彩，到处猩红；在音乐方面则或用乞丐兼任的吹鼓手，或用卖仁丹游街或绸缎店大减价的铜乐队，或钢琴或风琴或口琴；少不了的是与演员打成一片的广大观众，内中包括该回家去养老的，该寻正当娱乐的，该受别种社会教育以及平时就该摄取营养的；……演员的服装，或买或借或赁，常见的是蓝袍马褂及与环境全然不调和的一身西装大礼服，高冠燕尾，还有那短得像一件斗篷而还特烦两位小朋友牵着的那一橛子粉红纱！那出戏的尾声是，主人的腿子累得发麻，客人醉翻三五辈，门外的车夫一片叫嚣。评剧家曰：“很热闹！”

这戏的开始照例是证婚人致辞。证婚人照例是新郎的上司，或新娘家中比较拿出来最像样的贵戚。他的身份等于“跳加官”，但他自己不知道，常常误会他是在做主席，或是礼拜堂里的牧师，因此他的职务成为善颂善祷，和那些在门口高叫“正念喜，抬头观，空中来了福禄寿三仙……”的叫花子是异曲而同工！他若是身通“国学”，诗云子曰地一来，那就不得了，在讲《易经》阴阳乾坤的时候，牵纱的小朋友们就非坐在地上不可，而在人丛后面伸长颈子的那位客人，一定也会把其颈项慢慢缩回去了。我们应该容忍他，让他毕其辞，甚而至于违着良心地报之以稀稀拉拉的掌声。放心，他将得意不了几次！

介绍人要两个，仿佛从前的一男媒一女媒，其实是为站在证婚人身旁时一边一个，较有对称之美。介绍人宜于是面团团一团和气，谁见了他都会被他撮合似的。所以常害胃病的，专吃平价米的都不该入选。许多荣任介绍人的常喜欢当众宣布他们只是名义上的介绍人，新郎新娘早已就……好像是生恐将来打离婚官司时要受连累，所以特先自首似的。其实是他多虑。所谓介绍，是指介绍结婚，这是婚书上写得明明白白的，并不曾要他介绍新郎新娘认识或恋爱，所以以前的因误会而恋爱和以后的因失望而反目，其责任他原是不负的。从前俗语说，“新娘搀上床，媒人扔过墙”，现在的介绍人则无须等待新娘上床便已解除职务了。

新郎新娘的“台步”是值得注意的，从这里可以看出导演者的手法。新郎应该像是一只木鸡，由两个傧相挟之而至，应该脸上微露苦相，好像做下什么坏事现在败露了要受裁判的样子，这才和身份相称。新娘走出来要像蜗牛，要像日移花影，只见她的位置移动，而不见她行走，头要垂下来，但又不可太垂，要表示出头和颈子还是连着的，扶着两个煞费苦心才寻到的不比自己美的傧相，随着一派乐声，在众目睽睽之下，由大家尽量端详。礼毕，新娘要准备迎接一阵“天雨粟”，也有羼杂粮的，也有带干果的，像冰雹似的没头没脸地打过来。有在额角上被命中一颗核桃的，登时皮肉隆起如舍利子。如果有人扫拢来，无疑地可以熬一大锅“腊八粥”。还有人抛掷彩色纸条，想把新娘做成一个茧子。客人对于新娘的种种行为，由品头论足以至大闹新房，其实在刑法上都可以构成诽谤、侮辱、伤害、侵入私宅和有伤风化等罪名的，但是在隆重的结婚典礼里，这些丑态是属于“撑场面”一类，应该容许！

曾有人把结婚比作“蛤蟆跳井”——可以得水，但是永世不得出来。现代人不把婚姻看得如此严重，法律也给现代人预先开了方便的后门或太平梯之类，所以典礼的隆重并不发生任何担保的价值。没有结过婚的人，把结婚后幻想成为神仙的乐境，因此便以结婚为得意事，甘愿铺张，唯恐人家不知，更恐人家不来，所以往往一面登报“一切从简”，一面却是倾家荡产地“敬治喜筵”，以为诱饵。来观婚礼的客人，除了真有友谊的外，是来签到，出钱看戏，或真是双肩承一喙地前来就食！

我们能否有一种简便的、节俭的、合理的、愉快的结婚仪式呢？这件事需要未婚者来细想一下，已婚者就不必多费心了。

匿名信

邮局递来一封匿名信，没启封就知道是匿名信，因为一来我自己心里明白，现在快要到我接匿名信的时候了（如果竟无匿名信到来，那是我把人性估计太低了），二来那只信封的神情就有几分尴尬，信封上的两行字，倾斜而不潦草，正是书法上所谓“生拙”，像是郑板桥体，又像是小学生的涂鸦，不是撇太长，就是捺太短，总之是很矜持，唯恐露出本来面目。下款署“内详”二字。现代的人很少有写“内详”的习惯，犹之乎很少有在信封背面写“如瓶”的习惯，其所以写“内详”者，乃是平常写惯了下款，如今又不能写真姓名，于是于不自觉间写上了“内详”云云。

我同情写匿名信的人，因为他或她肯干这种勾当，必定是极不得已，等于一个人若不为生活所逼便绝不至于会男盗女娼一样。当其蓄谋动念之时，一定有一副血脉偾张的面孔，“怒从心上起，恶向胆边生”。硬是按捺不住，几度心里犹豫，“何必?”又几度心理坚决，“必!”于是关门闭户独自去写那将来不便收入文集的尺牍。愤怒怨恨，如果用得其当，是很可宝贵的一种情感，所谓“文王一怒”那是无人不知的了，但是匿名信则除了发泄愤怒怨恨之外还表现了人性的另一面——怯懦。怯懦也不稀奇。听说外国的杀人不眨眼的海盗，如果蓄谋叛变开始向船长要挟的时候，那封哀的美敦书①的署名是很成问题的，领衔的要冒较大的危险，所以他们发明了Round-Robin②法以姓名连串地写成一圆圈，无始无末，浑然无迹。这种办法也是怯懦，较之匿名信还是大胆得多。凡是当着人不好说出口的话，或是说出口来要脸红的事，或是根本不能从口里说出来的东西，在匿名的掩护之下可以一泄如注。

匿名信作家在伸纸吮笔之际也有一番为难，笔迹是一重难关，中国的书法比任何其他国的文字更容易表现性格。有人写字匀整如打字机打出来的，其人必循规蹈矩；有人写字不分大小一律出格，其人必张牙舞爪。甚至字体还和人的形体有关，如果字如墨猪，其人往往似“五百斤油”；如果笔

---

① “哀的美敦”为ultimatum译音。“哀的美敦书”意为最后通牒。——编者注

② 意为循环。——编者注

画干瘦如柴，其人往往亦似一堆排骨。匿名信总是熟人写的，熟人的字迹谁还看不出来？所以写的人要费一番思索。匿名信不能托别人写，因为托别人写，便至少有一个人知道了你的姓名，而且也难得找到志同道合的人，所以只好自己动笔。外国人（如绑票匪）写匿名信，往往从报纸上剪下应用的字母，然后拼成字粘上去，此法甚妙，可惜中国字拉丁化运动尚未成功，从报上剪字便非先编一索引不可。唯一可行的方法是竭力变更字体。然而谈何容易！善变莫如狐，七变八变，总还变不脱那条尾巴。

文言文比白话文难于令人辨出笔调，等于唱西皮二黄，比说话难于令人辨出嗓音。之乎者也地一来，人味减少了许多，再加上成语典故以及《古文观止》上所备有的古文笔法，我们便很难推测作者是何许人，（当然，如果韩文公或柳子厚等唐宋八大家写匿名信，一定不用文言，或者要用语录体吧？）本来文理粗通的人，或者要故意地写上几个别字，以便引人的猜测走上歧途。文言根本不必故意往坏里写，因为竭力往好里写，结果也是免不了拗涩别扭。

匿名信的效力之大小，是视收信人性格之不同而大有差异的。譬如一只苍蝇落在一碗菜上，在一个用火酒擦筷子的人必定要大惊小怪起来，一定屏去不食；一个用开水洗筷子的人就要主张烧开了再食，但是在司空见惯了的人，不要说苍蝇落在菜上，就是拌在菜里，驱开摔去便是，除了一刹那间的厌恶以外，别无其他反应。引人恶心这一点点功效，匿名信是有的，不过又不是匿名信所独有。记得十几年前（就是所谓普罗文学鼎盛的那一年）的一个冬夜，我睡在三楼亭子间，楼下电话响得很急，我穿起衣服下楼去接："找谁？""我请×××先生说话。""我就是。""啊，你就是×××先生吗？""是的，我就是。"这时节那方面的声音变了，变得很粗厉，厉声骂一句"你是□□□！"正惊愕间，呱啦一声，寂然无声了。我再上三层楼，脱衣服，睡觉。在冬天三更半夜上下三层楼挨一句骂，这是令人作呕的事，我记得我足足为之失眠者约一小时！这和匿名信是异曲同工的，不过一个是用语言，一个是用文字。

天下事有不可预防不便追究者，如匿名信便是。要预防，很难，除非自己是文盲，并且专结交文盲。要追究，很苦，除非自甘暴弃与写匿名书信者一般见识。其实匿名信的来源不是不可破获的。核对笔迹是最方便的法子，犹之核对指纹。有一位细心而嗅觉发达的人曾经在启开匿名信之后嗅到一股脂粉香，按照警犬追踪的办法，他可以一直跟踪到人家的闺阁。不过问题是，万一破坏了来源，其将何以善其后？尤其是，万一证明了那写信的人是天天见面的一个好朋友，这个世界将如何住得下去！Marcus Aurelius说："每天早晨离家时，我对我自己说，'我今天将要遇见一个傲慢的人，一个忘恩负义的人，一个说话太多的人。这些人之所以如此，乃是自然的而且必要的，所以不要惊讶。’”我觉得这态度很好。世界上是有一种人要写匿名信，他或她觉得愤慨委屈，而又没有一根够硬的脊椎支持着，如果不写匿名信，情感受了压抑，会生出变态，所以写匿名信是自然的而且必然的，不可惊异。这也就是俗话所说，见怪不怪。

写匿名信给我的人以后见了我，不难过吗？我想他一定不敢两眼正视我，他一定要臊不搭地走开，或是搭讪着扯几句淡话，同时他还要努力镇定，要使我不感觉他与往常有什么不同。他写过匿名信后，必定天天期望着他所希冀的效果，究竟有效呢？无效呢？这将使他惶惑不宁。写了匿名信的人一定不会一觉睡到大天光的。

客

“只有上帝和野兽才喜欢孤独。”上帝吾不得而知之，至于野兽，则据说成群结党者多，真正孤独者少。我们凡人，如果身心健全，大概没有不好客的。以欢喜幽独著名的Thoureau[①]，他在树林里也给来客安排得舒舒帖帖。我常幻想着“风雨故人来”的境界，在风飒飒雨霏霏的时候，心情枯寂百无聊赖，忽然有客款扉，把握言欢，莫逆于心，来客不必如何风雅，但至少第一不谈物价升降，第二不谈宦海浮沉，第三不劝我保险，第四不劝我信教，乘兴而来，兴尽即返，这真是人生一乐。但是我们为客所苦的时候也颇不少。

很少的人家有门房，更少的人家有拒人千里之外的阍

① 亨利·戴维·梭罗（1817—1862），美国作家、哲学家。——编者注

者，门禁既不森严，来客当然无阻，所以私人居处，等于日夜开放。有时主人方在厕上，客人已经升堂入室，回避不及，应接无术，主人鞠躬如也，客人呆若木鸡。有时主人方在用饭，而高轩贲止，便不能不效周公之“一饭三吐哺”，但是来客并无归心，只好等送客出门之后再补充些残羹剩饭，有时主人已经就枕，而不能不倒屣相迎。一天二十四小时之内，不知客人何时入侵，主动在客，防不胜防。

在西洋所谓客者是很稀罕的东西。因为他们办公有办公的地点，娱乐有娱乐的场所，住家专做住家之用。我们的风俗稍为不同一些。办公打牌吃茶聊天都可以在人家的客厅里随时举行的。主人既不能在座位上遍置针毡，客人便常有如归之乐。从前官场习惯，有所谓端茶送客之说，主人觉得客人应该告退的时候，便举起盖碗请茶，那时节一位训练有素的豪仆在旁一眼瞥见，便大叫一声“送客！”另有人把门帘高高打起，客人除了告辞之外，别无他法。可惜这种经济时间的良好习俗，今已不复存在，而且这种办法也只限于官场，如果我在我的小小客厅之内端起茶碗，由荆妻稚子在旁嘤然一声“送客”，我想客人会要疑心我一家都发疯了。

客人久坐不去，驱禳至为不易。如果你枯坐不语，他也许发表长篇独白，像个垃圾口袋一样，一碰就泄出一大堆，也许一根一根的纸烟不断地吸着，静听挂钟嘀嗒嘀嗒地响。如果你暗示你有事要走，他也许表示愿意陪你一道走。如果你问他有无其他的事情见教，他也许干脆告诉你来此只为闲聊天。如果你表示正在为了什么事情忙，他会劝你多休息一下。如果你一遍一遍地给他斟茶，他也许就一碗一碗地喝下去而连声说“主人别客气”。乡间迷信，恶客盘踞不去时，家人可在门后置一扫帚，用针频频刺之，客人便会受得有刺股之痛，坐立不安而去。此法有人曾经实验，据云无效。

“茶，泡茶，泡好茶；坐，请坐，请上坐。”出家人犹如此势利，在家人更可想而知。但是为了常遭客灾的主人设想，茶与座二者常常因客而异，盖亦有说。夙好牛饮之客，自不便奉以“水仙”“云雾”，而精研茶经之士，又断不肯尝试那“高末”“茶砖”。茶卤加开水，浑浑满满一大盅，上面泛着白沫如啤酒，或漂着油彩如汽油，这固然令人恶心，但是如果名茶一盏，而客人并不欣赏，轻咂一口，盅缘上并不留下芬芳，留之无用，弃之可惜，这也是非常讨厌之事。所以客人常被分为若干流品，有能启用平夙主人自己舍不得饮用的好茶者，有能享受主人自己日常享受的中上茶者，有能大量取用茶卤冲开水者，飨以“玻璃”者是为未入流。至于座处，自以直入主人的书房绣闼者为上宾，因为屋内零星物件必定甚多，而主人略无防闲之意，于亲密之中尚含有若干敬意，作客至此，毫无遗憾；次焉者廊前檐下随处接见，所谓班荆道故，了无痕迹；最下者则肃入客厅，屋内只有桌椅板凳。别无长物，主人着长袍而出，寒暄就座，主客均客气之至。在厨房后门伫立而谈者是为未入流。我想此种差别待遇，是无可如何之事，我不相信孟尝门客三千而待遇平等。

人是永远不知足的。无客时嫌岑寂，有客时嫌烦嚣，客走后扫地抹桌又另有一番冷落空虚之感，问题的症结全在于客的素质，如果素质好，则未来时想他来，既来了想他不走，既走想他再来；如果素质不好，未来时怕他来，既来了怕他不走，既走怕他再来。虽说物以类聚，但不速之客甚难预防。“夜半待客客不至，闲敲棋子落灯花”，那种境界我觉得最足令人低回。

下　棋

有一种人我最不喜欢和他下棋，那便是太有涵养的人。杀死他一大块，或是抽了他一个车，他神色自若，不动火，不生气，好像是无关痛痒，使得你觉得索然寡味。君子无所争，下棋却是要争的。当你给对方一个严重威胁的时候，对方的头上青筋暴露，黄豆般的汗珠一颗颗地在额上陈列出来，或哭丧着脸作惨笑，或咕嘟着嘴作吃屎状，或抓耳挠腮，或大叫一声，或长吁短叹，或自怨自艾口中念念有词，或一串串的噎嗝打个不休，或红头涨脸如关公，种种现象，不一而足，这时节你“行有余力”便可以点起一支烟，或啜一碗茶，静静地欣赏对方的苦闷的象征。我想猎人困逐一只野兔的时候，其愉快大概略相仿佛。因此我悟出一点道理，和人下棋的时候，如果有机会使对方受窘，当然无所不用其极，如果被对方所窘，便努力做出不介意状，因为既不能积极地给对方以苦痛，只好消极地减少对方的乐趣。

自古博弈并称，全是属于赌的一类，而且只是比“饱食终日无所用心”略胜一筹而已。不过弈虽小术，亦可以观人，相传有慢性人，见对方走当头炮，便左思右想，不知是跳左边的马好，还是跳右边的马好，想了半个钟头而迟迟不决，急得对方拱手认输。是有这样的慢性人，每一着都要考虑，而且是加慢的考虑，我常想这种人如加入龟兔竞赛，也必定可以获胜。也有性急的人，下棋如赛跑，噼噼啪啪，草草了事，这仍旧是饱食终日无所用心的一贯作风。下棋不能无争，争的范围有大有小，有斤斤计较而因小失大者，有不拘小节而眼观全局者，有短兵相接作生死斗者，有各自为战而旗鼓相当者，有赶尽杀绝一步不让者，有好勇斗狠同归于尽者，有一面下棋一面诮骂者，但最不幸的是争的范围超出了棋盘，而拳足交加。有下象棋者，久而无声响，排闼视之，阒不见人，原来他们是在门后角里扭作一团，一个人骑在另一个人的身上，在他的口里挖车呢。被挖者不敢出声，出声则口张，口张则车被挖回，挖回则必悔棋，悔棋则不得胜，这种认真的态度憨得可爱。我曾见过二人手谈，起先是坐着，深情潇洒，望之如神仙中人。俄而棋势吃紧，两人都站起来了，剑拔弩张，如斗鹌鹑，最后到了生死关头，两个人跳到桌上去了！

笠翁《闲情偶寄》说弈棋不如观棋，因观者无得失心，观棋是有趣的事，如看斗牛、斗鸡、斗蟋蟀一般，但是观棋也有难过处，观棋不语是一种痛苦。喉间硬是痒得出奇，思一吐为快。看见一个人要入陷阱而不作声是几乎不可能的事，如果说得中肯，其中一个人要厌恨你，暗暗地骂一声："多嘴驴！"另一个人也不感激你，心想："难道我还不晓得这样走！"如果说得不中肯，两个人要一齐嗤之以鼻："无见识奴！"如果根本不说，憋在心里，受病。所以有人于挨了一个耳光之后还要抚着热辣辣的嘴巴大呼："要抽车，要抽车！"

下棋只是为了消遣，其所以能使这样多人嗜此不疲者，是因为它颇合于人类好斗的本能，这是一种"斗智不斗力"的游戏。所以瓜棚豆架之下，与世无争的村夫野老不免一枰相对，消此永昼；闹市茶寮之中，常有有闲阶级的人士下棋消遣，"不为无益之事，何以遣有涯之生？"宦海里翻过身最后退隐东山的大人先生们，髀肉复生，而英雄无用武之地，也只好闲来对弈，了此残生，下棋全是"剩余精力"的发泄。人总是要斗的，总是要钩心斗角地和人争逐的。与其和人争权夺利，还不如在棋盘上多占几个官；与其招摇撞骗，还不如在棋盘上抽上一车。宋人笔记曾载有一段故事："李讷仆射，性卞急，酷尚弈棋，每下子安详，极于宽缓，往往躁怒作，家人辈则密以弈具陈于前，讷睹，便忻然改容，以取其子布弄，都忘其恚矣。”（《南部新书》）下棋，有没有这样陶冶性情之功，我不敢说，不过有人下起棋来确实是把性命都可置之度外。我有两个朋友下棋，警报作，不动声色，俄而弹落，棋子被震得在盘上跳荡，屋瓦乱飞，其中一位棋瘾较小者变色而起，被对方一把拉住：“你走！那就算是你输了。”此公深得棋中之趣。

写　字

在从前，写字是一件大事，在“念背打”教育体系当中占一个很重要的位置，从描红模子的横平竖直，到写墨卷的黑大圆光，中间不知有多大艰苦。记得小时候写字，老师冷不防地从你脑后把你的毛笔抽走，弄得你一手掌的墨，这证明你执笔不坚，是要受惩罚的。这样恶作剧还不够，有的在笔管上套大铜钱，一个，两个，乃至三四个，摇动笔管只觉头重脚轻，这原理是和国术家腿上绑沙袋差不多，一旦解开重负便会身轻似燕极尽飞檐走壁之能事，如果练字的时候笔管上驮着好几两重的金属，一旦握起不加附件的竹管，当然会龙飞蛇舞，得心应手了。写一寸径的大字，也有人主张用悬腕法，甚至悬肘法，写字如站桩，挺起腰板，咬紧牙关，正襟危坐，道貌岸然，在这种姿态中写出来的字，据说是能力透纸背。现代的人无须受这种折磨。“科举”已经废除了，只会写几个“行”“阅”“如拟”“照办”，便可为官。自来水笔代替了毛笔，横行左行也可以应酬问世，写字一道，渐渐地要变成“国粹”了。

当作一种艺术看，中国书法是很独特的。因为字是艺术，所以什么“永字八法”之类的说教，其效用也就和“新诗作法”“小说作法”相差不多，绳墨当然是可以教的，而巧妙各有不同，关键在于个人。写字最容易泄露一个人的个性，所谓“字如其人”大抵不诬。如果每个字都方方正正，其人大概拘谨，如果伸胳臂拉腿的都逸出格外，其人必定豪放；字瘦如柴，其人必如排骨；字如墨猪，其人必近于“五百斤油”。所以郑板桥的字，就应该是那样的倾斜古怪，才和他那吃狗肉傲公卿的气概相称，颜鲁公的字就应该是那样的端庄凝重，才和他的临难不苟的品格相合，其间无丝毫勉强。

在“文字国”里，需要写字的地方特别多，擘窠大字至蝇头小楷，都有用途。可惜的是，写字的人往往不能用其所长，且常用错了地方。譬如，凿石摹壁的大字，如果不能使山川生色，就不如给当铺酱园写写招牌，至不济也可以给煤栈写“南山高煤”。有些人的字不宜在壁上题诗，改写春联或“抬头见喜”就合适得多。有的人写字技术非常娴熟，在茶壶盖上写“一片冰心”是可以胜任的，却偏爱给人题跋字画。中堂条幅对联，其实是人人都可以写的，不过悬挂的地点应该有个分别，有的宜于挂在书斋客堂，有的宜于挂在饭铺理发馆，求其环境配合，气味相投，如是而已。

“善书者不择笔”，此说未必尽然，秃笔写铁线篆，未尝不可，临赵孟頫《心经》就有困难。字写得坚挺俊俏，所用大概是尖毫。笔墨纸砚，对于字的影响是不可限量的。有时候写字的人除了工具之外还讲究一点特殊的技巧，最妙者无过于某公之一笔虎，八尺的宣纸，布满了一个虎字，气势磅礴，一气呵成，尤其是那一直竖，顶天立地的笔直一根杉木似的，煞是吓人。据说，这是有特别办法的，法用马弁一名，牵着纸端，在写到那一竖的时候把笔顿好，喊一声“拉”，马弁牵着纸就往后扯，笔直的一竖自然完成。

写字的人有瘾，瘾大了就非要替人写字不可，看着人家的白扇面，就觉得上面缺点什么，至少也应该有“精气神”三个字。相传有人爱写字，尤其是爱写扇子，后来腿坏，以致无扇可写；人问其故，原来是大家见了他就跑，他追赶不上了。如果字真写到好处，当然不需腿健，但写字的人究竟是腿健者居多。

送　行

“黯然销魂者，别而已矣。”遥想古人送别，也是一种雅人深致。古时交通不便，一去不知多久，再见不知何年，所以南浦唱支骊歌，灞桥折条杨柳，甚至在阳关敬一杯酒，都有意味。李白的船刚要启碇，汪伦老远地在岸上踏歌而来，那副情景真是历历如在目前。其妙处在于纯朴真挚，出之以潇洒自然。平夙莫逆于心，临别难分难舍。如果平常我看着你面目可憎，你觉着我语言无味，一旦远离，那是最好不过，只恨世界太小，唯恐将来又要碰头，何必送行？

在现代人的生活里，送行是和拜寿送殡等等一样地成为应酬的礼节之一。“揪着公鸡尾巴”起个大早，迷迷糊糊地赶到车站码头，挤在乱哄哄人群里面，找到你的对象，扯几句淡话，好容易耗到汽笛一叫，然后鸟兽散，吐一口轻松气，噘着大嘴回家。这叫作周到。在被送的那一方面，觉得热闹，人缘好，没白混，而且体面，有这么多人舍不得我走，斜眼看着旁边的没人送的旅客，相形之下，尤其容易起一种优越之感，不禁精神抖擞，恨不得对每一个送行的人要握八次手，道十回谢。死人出殡，都讲究要有多少亲友执绋，表示恋恋不舍，何况活人？行色不可不壮。

悄然而行似是不大舒服，如果别的旅客在你身旁耀武扬威地与送行的话别，那会增加旅中的寂寞。这种情形，中外皆然。Max Beecrbohm[①]写过一篇《谈送行》，他说他在车站上遇见一位以演剧为业的老朋友在送一位女客，始而喁喁情话，俄而泪湿双颊，终乃汽笛一声，勉强抑止哽咽，向女郎频频挥手，目送良久而别。原来这位演员是在做戏，他并不认识那位女郎，他是属于“送行会”的一个职员，凡是旅客孤身在外而愿有人到站相送的，都可以到“送行会”去雇人来送。这个演员出身的人当然是送行的高手，他能放进感情，表演逼真。客人纳费无多，在精神上受惠不浅。尤其是美国旅客，用金钱在国外可以购买一切，如果“送行会”真的普遍设立起来，送行的人也不虞缺乏了。

送行既是人生中所不可少的一桩事，送行的技术也便不可不注意到。如果送行只限于到车站码头报到，握手而别，

---

① 马克斯·比尔博姆（1872—1956），英国散文家、剧评家。——编者注

那么问题就简单，但是我们中国的一切礼节都把“吃”列为最重要的一个项目。一个朋友远别，生怕他饿着走，饯行是不可少的，恨不得把若干天的营养都一次囤积在他肚里。我想任何人都有这种经验，如有远行而消息外露（多半还是自己宣扬），他有理由期望着饯行的帖子纷至沓来，短期间家里可以不必开伙。还有些思虑更周到的人，把食物携在手上，亲自送到车上船上，好像是你在半路上会要挨饿的样子。

我永远不能忘记最悲惨的一幕送行。一个严寒的冬夜，车站上并不热闹，客人和送客的人大都在车厢里取暖，但是在长得没有止境的月台上却有黑压压的一堆送行的人，有的围着斗篷，有的戴着风帽，有的脚尖在洋灰地上敲鼓似的乱动，我走近一看全是熟人，都是来送一位太太的。车快开了，不见她的踪影，原来在这一晚她还有几处饯行的宴会。在最后的一分钟，她来了。送行的人们觉得是在接一个人，不是在送一个人，一见她来到大家都表示喜欢，所有惜别之意都来不及表现了。她手上抱着一个孩子，吓得直哭，另一只手扯着一个孩子，连跑带拖，她的头发蓬松着，嘴里喷着热气像是冬天载重的骡子，她顾不得和送行的人周旋，三步两步地就跳上了车。这时候车已在蠕动。送行的人大部分都手里提着一点东西，无法交付，可巧我站在离车门最近的地方，大家把礼物都交给了我，“请您偏劳给送上去吧！”我好像是一个圣诞老人，抱着一大堆礼物，我一个箭步蹿上了车，我来不及致辞，把东西往她身上一扔，回头就走，从车上跳下来的时候，打了几个转才立定脚跟。事后我接到她一封信，她说：

> 那些送行的都是谁？你丢给我那一堆东西，到底是谁送的？我在车上整理了好半天，才把那堆东西聚拢起来打成一个大包袱。朋友们的盛情算是给我添了一件行李。我愿意知道哪一件东西是哪一位送的，你既是代表送上车的，你当然知道，盼速见告。
>
> 计开
>
> 水果三筐，泰康罐头四个，果露两瓶，蜜饯四盒，饼干四罐，豆腐乳四罐，蛋糕四盒，西点八盒，纸烟八听，信纸信封一匣，丝袜两双，香水一瓶，烟灰碟一套，小钟一具，衣料两块，酱菜四篓，绣花拖鞋一双，大面包四个，咖啡一听，小宝剑两把……

这问题我无法答复，至今是个悬案。

我不愿送人，亦不愿人送我，对于自己真正舍不得离开的人，离别的那一刹那像是开刀，凡是开刀的场合照例是应该先用麻醉剂，使病人在迷蒙中度过那场痛苦，所以离别的苦痛最好避免。一个朋友说：“你走，我不送你，你来，无论多大风多大雨，我要去接你。”我最赏识那种心情。

旅　行

我们中国人是最怕旅行的一个民族。闹饥荒的时候都不肯轻易逃荒，宁愿在家乡吃青草啃树皮吞观音土，生怕离乡背井之后，在旅行中流为饿殍，失掉最后的权益——寿终正寝。至于席丰履厚的人更不愿轻举妄动，墙上挂一张图画，看看就可以当“卧游”，所谓“一动不如一静”。说穿了“太阳下没有新鲜事物”。号称山川形胜，还不是几堆石头一汪子水？我记得做小学生的时候，郊外踏青，是一桩心跳的事，多早就筹备，起个大早，排成队伍，擎着校旗，鼓乐前导，事后下星期还得作一篇“远足记”，才算功德圆满。旅行一次是如此的庄严！我的外祖母，一生住在杭州城内，八十多岁，没有逛过一次西湖，最后总算去了一次，但是自己不能行走，抬到了西湖，就没有再回来——葬在湖边山上。

古人云："一生能着几两屐?"这是劝人及时行乐，莫怕多费几双鞋。但是旅行果然是一桩乐事吗？其中是否含着有多少苦恼的成分呢?

出门要带行李，那一个几十斤重的五花大绑的铺盖卷儿便是旅行者的第一道难关。要捆得紧，要捆得俏，要四四方方，要见棱见角，与稀松露馅的大包袱要迥异其趣，这已经就不是一个手无缚鸡之力的人所能胜任的了。关卡上偏有好奇人要打开看看，看完之后便很难得再复原。"乘兴而来，兴尽而返。"很多人在打完铺盖卷儿之后就觉得游兴已尽了。在某些国度里，旅行是不需要携带铺盖的，好像凡是有床的地方就有被褥，有被褥的地方就有随时洗换的被单，——旅客可以无牵无挂，不必像蜗牛似的顶着安身的家伙走路。携带铺盖究竟还容易办得到，但是没听说过带着床旅行的，天下的床很少没有臭虫设备的。我很怀疑一个人于整夜输血之后，第二天还有多少精神游山逛水。我有一个朋友发明了一种服装，按着他的头躯四肢的尺寸做了一件天衣无缝的睡衣，人钻在睡衣里面，只留眼前两个窟窿，和外界完全隔绝，——只是那样子有些像是KKK[①]，夜晚出来曾经几乎吓死一个人!

---

① 三K党，又称白色联盟和无形帝国。19世纪美国民间排外团体，他们的标志性穿戴是白色长袍和只露出眼睛的尖头罩。——编者注

原始的交通工具，并不足为旅客之苦。我觉得“滑竿”“架子车”都比飞机有趣。“御风而行，泠然善也”，那是神仙生涯。在尘世旅行，还是以脚能着地为原则。我们要看朵朵的白云，但并不想在云隙里钻出钻进；我们要“横看成岭侧成峰，远近高低各不同”，但并不想把世界缩小成假山石一般玩物似的来欣赏。我惋惜弥尔顿所称述的中土有“挂帆之车”尚不曾坐过。交通工具之原始不是病，病在于舟车之不易得，车夫舟子之不易缠，“衣帽自看”固不待言，还要提防青纱帐起。刘伶“死便埋我”，也不是准备横死。

旅行虽然夹杂着苦恼，究竟有很大的乐趣在。旅行是一种逃避，——逃避人间的丑恶。“大隐藏人海”，我们不是大隐，在人海里藏不住。岂但人海里安不得身，在家园也不容易遁迹。成年地圈在四合房里，不必仰屋就要兴叹；成年地看着家里的那一张脸，不必牛衣也要对泣。家里面所能看见的那一块青天，只有那么一大块。取之不尽用之不竭的清风明月，在家里都不能充分享用，要放风筝需要举着竹竿爬上房脊，要看日升月落需要左右邻居没有遮拦。走在街上，熙熙攘攘，磕头碰脑的不是人面兽，就是可怜虫。在这种情形之下，我们虽无勇气披发入山，至少为什么不带着一把牙刷捆起铺盖出去旅行几天呢？在旅行中，少不了风吹雨打，然后倦飞知还，觉得“在家千日好，出门一时难”。这样便可以把那不可容忍的家变成为暂时可以容忍的了。下次忍耐不住的时候，再出去旅行一次。如此地折腾几回，这一生也就差不多了。

旅行中没有不感觉枯寂的，枯寂也是一种趣味。哈兹利特（Hazlitt）[①]主张在旅行时不要伴侣，因为："如果你说路那边的一片豆田有股香味，你的伴侣也许闻不见。如果你指着远处的一件东西，你的伴侣也许是近视的，还得戴上眼镜看。"一个不合意的伴侣，当然是累赘。但是人是个奇怪的动物，人太多了嫌闹，没人陪着嫌闷。耳边嘈杂怕吵，整天咕嘟着嘴又怕口臭。旅行是享受清福的时候，但是也还想拉上个伴。只有神仙和野兽才受得住孤独。在社会里我们觉得面目可憎、语言无味的人居多，避之唯恐或晚，在大自然里又觉得人与人之间是亲切的。到美国落基山上旅行过的人告诉我，在山上若是遇见另一个旅客，不分男女老幼，一律脱帽招呼，寒暄一两句。这是很有意味的一个习惯。大概只有在旷野里我们才容易感觉到人与人是属于一门一类的动物，平常我们太注意人与人的差别了。

真正理想的伴侣是不易得的，客厅里的好朋友不见得即是旅行的好伴侣，理想的伴侣须具备许多条件，不能太脏，如嵇叔夜"头面常一月十五日不洗，不大闷痒不能沐"，也

① 威廉·哈兹利特（1778—1830），英国散文家、评论家、画家。——编者注

不能有洁癖，什么东西都要用火酒揩，不能如泥塑木雕，如死鱼之不张嘴，也不能终日喋喋不休，整夜鼾声不已。不能油头滑脑，也不能蠢头呆脑，要有说有笑，有动有静，静时能一声不响地陪着你看行云，听夜雨，动时能在草地上打滚像一条活鱼！这样的伴侣哪里去找？

"旁若无人"

在电影院里，我们大概都常遇到一种不愉快的经验。在你聚精会神地静坐着看电影的时候，会忽然觉得身下坐着的椅子颤动起来，动得很匀，不至于把你从座位里掀出去，动得很促，不至于把你颠摇入睡，颤动之快慢疾徐，恰好令你觉得他讨厌。大概是轻微地震吧？左右探察震源，忽然又不颤动了。在你刚收起心来继续看电影的时候，颤动又来了。如果下决心寻找震源，不久就可以发现，毛病大概是出在附近的一位先生的大腿上。他的足尖踏在前排椅撑上，绷足了劲，利用腿筋的弹性，很优游地在那里发抖。如果这拘挛性的动作是由于羊癫风一类的病症的暴发，我们要原谅他，但是不像，他嘴里并不吐白沫。看样子也不像是神经衰弱，他的动作是能收能发的，时作时歇，指挥如意。若说他是有意使前后左右两排座客不得安生，却也不然。全是陌生人无仇无恨，我们站在被害人的立场上看，这种变态行为只有一种解释，那便是他的意志过于集中，忘记旁边还有别人，换言之，便是“旁若无人”的态度。

“旁若无人”的精神表现在日常行为上者不止一端。例如欠伸，原是常事，“气乏则欠，体倦则伸”。但是在稠人广众之中，张开血盆巨口，作吃人状，把口里的獠牙显露出来，再加上伸胳臂伸腿如演太极，那样子就不免吓人。有人打哈欠还带音乐的，其声呜呜然，如吹号角，如鸣警报，如猿啼，如鹤唳，音容并茂，《礼记》：“侍坐于君子，君子欠伸，撰杖屦，视日蚤莫，侍坐者请出矣。”是欠伸合于古礼，但亦以“君子”为限，平民岂可援引，对人伸胳臂张嘴，纵不吓人，至少令人觉得你是在逐客，或是表示你自己不能管制你自己的肢体。

邻居有叟，平常不大回家，每次归来必令我闻知。清晨有三声喷嚏，不只是清脆，而且洪亮，中气充沛，根据那声音之响我揣测必有异物入鼻，或是有人插入纸捻，那声音撞击在脸盆之上有金石声！随后是大排场的漱口，真是排山倒海，犹如骨鲠在喉，又似苍蝇下咽。再随后是三餐的饱嗝，一串串的咯声，像是下水道不甚畅通的样子。可惜隔着墙没能看见他剔牙，否则那一份刮垢磨光的钻探工程，场面也不会太小。

这一切“旁若无人”的表演究竟是偶然突发事件，经常令人困恼的乃是高声谈话。在喊救命的时候，声音当然不嫌其大，除非是脖子被人踩在脚底下，但是普通的谈话似乎可以令人听见为度，而无须一定要力竭声嘶地去振聋发聩。生理学告诉我们，发音的器官是很复杂的，说话一分钟要有九百个动作，有一百块筋肉在弛张，但是大多数人似乎还嫌不足，恨不得嘴上再长一个扩大器。有个外国人疑心我们国人的耳鼓生得异样，那层膜许是特别厚，非扯着脖子喊不能听见，所以说话总是像打架。这批评有多少真理，我不知道。不过我们国人会嚷的本领，是谁也不能否认的。电影场里电灯初灭的时候，总有几声“哎哟，小三儿，你在哪儿哪?”在戏院里，演员像是演哑剧，大锣大鼓之声依稀可闻，主要的声音是观众鼎沸，令人感觉好像是置身蛙塘。在旅馆里，好像前后左右都是庙会，不到夜深休想安眠，安眠之后难免没有响皮底的大皮靴毫无惭愧地在你门前踱来踱去。天未大亮，又有各种市声前来侵扰。一个人大声说话，是本能；小声说话，是文明。以动物而论，狮吼，狼嗥，虎啸，驴鸣，犬吠，即是小如促织、蚯蚓，声音都不算小，都不会像人似的有时候也会低声说话。大概文明程度愈高，说话愈不以声大见长。群居的习惯愈久，愈不容易存留“旁若无人”的幻觉。我们以农立国，乡间地旷人稀，畎亩阡陌之间，低声说一句“早安”是不济事的，必得扯长脖子喊一声：“你吃过饭啦?”可怪的是，在人烟稠密的所在，人的喉咙还是不能缩小。更可异的是，纸驴嗓，破锣嗓，喇叭嗓，公鸡嗓，并不被一般地认为是缺陷，而且麻衣相法还公然地说，声音洪亮者主贵!

叔本华有一段寓言：

一群豪猪在一个寒冷的冬天挤在一起取暖，但是他们的刺毛开始互相击刺，于是不得不分散开。可是寒冷又把他们驱在一起，于是同样的事故又发生了。最后，经过几番的聚散，他们发现最好是彼此保持相当的距离。同样地，群居的需要使得人形的豪猪聚在一起，只是他们本性中的带刺的令人不快的刺毛使得彼此厌恶。他们最后发现的使彼此可以相安的那个距离，便是那一套礼貌；凡违犯礼貌者便要受严词警告——用英语来说——请保持相当距离。用这方法，彼此取暖的需要只是相当地满足了；可是彼此可以不致互刺。自己有些暖气的人情愿走得远远的，既不刺人，又可不受人刺。

逃避不是办法。我们只是希望人形的豪猪时常地提醒自己：这世界上除了自己还有别人，人形的豪猪既不止我一个，最好是把自己的大大小小的刺毛收敛一下，不必像孔雀开屏似的把自己的刺毛都尽量地伸张。

汽　车

在大雨中，我在路边踉跄而行，路的泥泞，像一只大墨盒，坑洼处形成一片断续的小沼。忽闻汽车声，迎面而来，路上行人顿时起了骚动，纷纷地逃避，有的落荒而走，有的蹲在伞后作隐身于防御工事状，汽车过处，只听得訇然一声，泥浆四溅，腿脚慢一点的行人有的变成满脸花，有的浑身洒金，哭笑不得。这时候汽车里面坐着的士女懵然罔觉，怡然自若，士曰："雨景如绘"，女曰："凉意袭人"，风驰电掣而去，只留下受难的行人在那里怔愕，诅咒。我回想起法国大革命的前夕，巴黎贵族们的高轩驷马，在街上也是横行直撞，也是把水坑里的泥浆泼溅在行人身上，行人脸上也冒着怒火。

汽车是最明显的阶级标识之一。如果去拜访一位贵友或是场面较大的机关，而你是坐着汽车去的，到门无须下车敲门投刺那一套手续，只消汽车夫呜呜地揿两声喇叭，便像是《天方夜谭》里盗窟的魔术一般，两扇大门砉然而开，一个穿制服的阍人在门旁拱立，春风满面，一头不穿制服的獒犬在另一边立着，尾巴摇动，满面春风，汽车长驱直入。但如果你是人力车的乘客，甚而是安步当车者流，于按门铃之后要鹄立许久，然后大门上开一小洞，里面露出两只眼睛，向你上下扫射，用喝口令的腔调问你找谁，同时獒犬大吠，大门一扇略开小缝，阍者堵着门缝向你盘查，如果应对得体，也许放你进去，也许还要在门外鹄立，等他去报告他也不知是否在家的主人。在许多人的眼里，人分两种：一种是坐汽车的人，一种是没得汽车坐的人，至于汽车是怎样来的，租的、买的、公家的、接收的，都没有关系。汽车的样式也没有关系，四方轰耸的高轩也行，摇几十下才能开动的也行，水缸随时开锅冒热气的也行，只要是个能走动的汽车，就能保证车里面的人受到人的待遇。

从宴会出来也往往不能避免一幕悲剧，兴阑人散，主人送客，门口一大串的汽车一个个地把客人接走。这时节你若是无车阶级的便只好门前伫立，乘人不注意的时候拔步便溜，但是为顾全性命起见又不能不瞻前顾后地逡巡徘徊，好心肠的主人一眼瞥见，绝对不准你步行归家，你说想散步也不行，你说想踏月色也不行，非要仆人喊人力车不可，仆人跑到胡同口大喊“洋车！洋车！”声调凄绝，你和主人冷清清地立在门口，要说的话早已说完，该握的手早已握过，灯光惨淡，夜色阑珊，相对无言。有些更体贴的主人老早就替你安排，打听路线，求人顺便把你载回家去，这固然可以省却一番受窘，但是除了一饭之恩以外，又无端地加上了一回车送之恩！而且在车里你还不能咕嘟着嘴，需要强作欢颜，没话找话。

冯谖弹铗而歌，于食有鱼之后，就叹出无车，颇有见地，不是无病呻吟。想冯谖当时，必定饱受无车之苦。

世间最艳羡汽车者当无过于某一些个女人。浓妆淡抹之后，风摆荷叶，摇曳生姿，而犹能昂然阔步一去二三里者，实在少见，所以古宜乘以油壁香车，今宜乘以汽车。精雕细塑的造像，自然应该衬上红木架座。我知道许多女人把汽车设备列为择偶的基本条件之一，此种设备究能保持多久固不敢必，总以眼前具备此种条件为原则。汽车本身的便利自不消说，由汽车而附带发生的许多花样可以决定整个的生活方式。对于她们，婚姻减去汽车而还能相当美满是不可能的。为了汽车而牺牲其他的条件，也是值得的交易。汽车代表许多东西，优裕、娱乐、虚荣的满足，人们的青睐殷勤，都会随以俱来。至于婚姻的对方究竟是怎样的一块材料，那是次要的事，一个丈夫顶多重到二百磅，一辆汽车可以重到一吨，小疵大醇，轻重若判。

外国一位小说家新出一部作品，许多读者求他在作品上亲笔签署以为光宠，其中有一个读者不仅拿这一部新作品，而且把他过去的作品也都拿来请他签署，这个读者说他的妻子很喜欢他的作品，最近是她的生日，他想拿这一堆她所喜欢的作品作为生日礼物，小说家很是得意，欣然承诺之余，说：“你想出其不意地给她一惊，是不是！”“是的，她一定会大吃一惊，她原是希望生日那天能得一辆雪佛兰！”这是美国杂志上的一个小故事。在号称平均五人有一辆汽车的美国也还有想得汽车而不可得的妻子，何况是在洋车三轮车满街跑的国度里？

一队骆驼挂着铜铃，驮着煤袋，从城墙旁边由一个棉衣臃肿的乡下人牵着走过，那个侧影可以成为一幅很美妙的摄影题材，悬在外国人客厅里显着很朴雅可爱。外国人到中国来，喜欢坐人力车，跷起一条长腿拿着一根小杖敲着车夫的头指示他转弯，外国人喜欢看《骆驼祥子》，外国人喜欢给洋车夫照相。可是我们不愿保存这样的国粹，我们也要汽车载货，我们也要汽车代步。我们不要老牛破车，我们要舒适速度，汽车应该成为日用品。可是有一样，如果汽车几十年内还不能成为大众的日用品，只是给少数人利用享受，作为大众的诅咒的对象，这时节汽车便是有一点“不合国情”。

讲　价

韩康采药名山，卖于长安市，三十余年，口不二价。这并不是说三十余年物价没有波动，这是说他三十余年没有讲过一次谎，就凭这一点怪脾气他的大名便入了《后汉书》的《逸民列传》。这并不证明买卖东西无须讲价是我们古已有之的固有道德，这只是证明自古以来买卖东西就得要价还价，出了一位韩康，便是人瑞，便可以名垂青史了。韩康不但在历史上留下了佳话，在当时也是颇为著名的，一个女子向他买药，他守价不移，硬是没得少，女子大怒，说："难道你是韩康，一个钱没得少？"韩康本欲避名，现在小女子都知道他的大名，吓得披发入山。卖东西不讲价，自古以来，是多么难得！我们还不要忘记韩康"家世著姓"，本不是商人，如果是个"逐什一之利"的，有机会能得什二什三时岂不更妙？

从前有些店铺讲究货真价实，“言不二价”“童叟无欺”的金字招牌偶然还可以很骄傲地悬挂起来，不必大减价雇吹鼓手，主顾自然上门。这种事似乎渐渐少了。童叟根本也不见得好欺侮，而且买卖大半是流动的，无所谓主顾，不讲价还是不过瘾，不七折八扣显着买卖不和气，交易一成买者就又会觉得上当。在尔虞我诈的情形之下，讲价便成为交易的必经阶段，反正是“漫天要价，就地还钱”。看看谁有本事谁讨便宜。

我买东西很少的时候能不比别人的贵。世界上有一种人，喜欢到人家里面调查物价，看看你家里有什么东西都要打听一下是用什么价钱买的，除非你在每一事物上都粘上一个纸签标明价格，否则将不胜其啰唣。最扫兴的是，我已经把真的价钱瞒起，自欺欺人地只说了一半的价钱来搪塞他，他有时还会把头摇得像个拨浪鼓似的，表示你上了弥天的大当！我承认，有些人是特别地善于讲价，他有政治家的脸皮，外交家的嘴巴，杀人的胆量，钓鱼的耐心，坚如铁石，韧似牛皮，所以他能压倒那待价而沽的商人。我尝虚心请教，大概归纳起来讲价的艺术不外下列诸端：

第一，要不动声色。进得店来，看准了他没有什么你就要什么，使得他显得寒碜，先有几分惭愧。然后无精打采地道出你所真心要买的东西，伙计于气馁之余，自然欢天喜地地捧出他的货色，价钱根本不会太高。如果偶然发现一项心爱的东西，也不可失声大叫，如获异宝，必要行若无事，淡然处之，于打听许多种物价之后，随意问询及之，否则你打草惊蛇，他便奇货可居了。

第二，要无情地批评。甘瓜苦蒂，天下物无全美。你把货物捧在手里，不忙鉴赏，先求其疵缪之所在，不厌其详地批评一番，尽量地道出它的缺点。有些物事，本是无懈可击的，但是“嗜好不能争辩”，你这东西是红的，我偏喜欢白的，你这东西是大的，我偏喜欢小的。总之，是要把东西贬得一文不值缺点百出，这时候伙计的脸上也许要一块红一块白地不大好看，但是他的心里软了，价钱上自然有了商量的余地，我在委曲迁就的情形之下来买东西，你在价钱上还能不让步吗？

第三，要狠心还价。先假设，自从韩康入山之后每个商人都是说谎的。不管价钱多高，拦腰一砍。这需要一点胆量，要狠得下心，说得出口，要准备看一副嘴脸。人的脸是最容易变的，用不了加多少钱，那副愁云惨雾的苦脸立刻开霁，露出一缕春风。但这是最紧要的时候，这是耐心的比赛，谁性急谁失败，他一文一文地减，你就一文一文地加。

第四，要有反顾的勇气。交易实在不成，只好掉头而去，也许走不了好远，他会请你回来，如果他不请你回来，你自己要有回来的勇气，不能负气，不能讲究“义不反顾，计不旋踵”。讲价到了这个地步，也就山穷水尽了。

这一套讲价的秘诀，知易行难，所以我始终未能运用。我怕费工夫，我怕伤和气，如果我粗脖子红脸，我身体受伤；如果他粗脖子红脸，我精神上难过，我聊以解嘲的方法是记起郑板桥爱写的那四个大字：“难得糊涂”。

《淮南子》明明地记载着：“东方有君子之国”，但是我在地图上却找不到。《山海经》里也记载着：“君子国衣冠带剑，其人好让不争。”但只有《镜花缘》给君子国透露了一点消息。买物的人说：“老兄如此高货，却讨恁般贱价，教小弟买去，如何能安？务求将价加增，方好遵教。若再过谦，那是有意不肯赏光交易了。”卖物的人说：“既承照顾，敢不仰体？但适才妄讨大价，已觉厚颜，不意老兄反说货高价贱，岂不更教小弟惭愧？况敝货并非‘言无二价’，其中颇有虚头。”照这样讲来，君子国交易并非言无二价，也还是要讲价的，也并非不争，也还有要费口舌唾液的。什么样的国家，才能买东西不讲价呢？我想与其讲价而为对方争利，不如讲价而为自己争利，比较地合于人类本能。

有人传授给我在街头雇车的秘诀：街头孤零零的一辆车，车夫红光满面鼓腹而游的样子，切莫睬他，如果三五成群鸠形鹄面，你一声吆喝便会蜂拥而来，竞相延揽，车价会特别低廉。在这里我们发现人性的一面——残忍。

理　发

理发不是一件愉快事。让牙医拔过牙的人，望见理发的那张椅子就会怵怵不安，两种椅子很有点相像。我们并不希望理发店的椅子都是檀木螺钿，或是路易十四式，但至少不应该那样地丑，方不方圆不圆的，死橛橛硬邦邦的，使你感觉到坐上去就要受人割宰的样子。门口担挑的剃头挑儿，更吓人，竖着的一根小小的旗杆，那原是为挂人头的。

但是理发是一种必不可免的麻烦。“君子整其衣冠，尊其瞻视，何必蓬头垢面，然后为贤？”理发亦是观瞻所系。印度锡克族，向来是不剪发不剃须的，那是“受诸父母不敢毁伤”的意思，所以一个个的都是满头满脸毛毵毵的，滔滔皆是，不以为怪。在我们的社会里，就不行了，如果你鬅鬙着头发，就会有人疑心你是在丁忧，或是才从监狱里出来。

髭须是更讨厌的东西，如果蓄留起来，七根朝上八根朝下都没有关系，嘴上有毛受人尊敬，如果刮得光光的露出一块青皮，也行，也受人尊敬，唯独不长不短的三两分长的髭须，如鬃鬣，如刺猬，如刈后的稻秆，看起来令人不敢亲近，鲁智深"腮边新剃暴长短须戗戗地好渗濑人"，所以人先有五分怕他。钟馗须髯如戟，是一副啖鬼之相。我们既不想吓人，又不欲啖鬼，而且不敢不以君子自勉，如何能不常到理发店去？

理发匠并没有令人应该不敬重的地方，和刽子手屠户同样的是一种为人群服务的职业，而且理发匠特别显得高尚，那一身西装便可以说是高等华人的标识。如果你交一个刽子手朋友，他一见到你就会相度你的脖颈，何处下刀相宜，这是他的职业使然。理发匠俟你坐定之后，便伸胳膊挽袖相度你那一脑袋的毛发，对于毛发所依附的人并无兴趣。一块白绸布往你身上一罩，不见得是新洗的，往往是斑斑点点的如虎皮宣。随后是一根布条在咽喉处一勒。当然不会致命，不过箍得也就够紧，如果是自己的颈子大概舍不得用那样大的力。头发是以剪为原则，但是附带着生薅硬拔的却也不免，最适当的抗议是对着那面镜子狞眉皱眼地做个鬼脸，而且希望他能看见。人的头生在颈上，本来是可以相当地旋转自如的，但是也有几个角度是不大方便的，理发匠似乎不大顾虑到这一点，他总觉得你的脑袋的姿势不对，把你的头扳过来扭过去，以求适合他的刀剪。我疑心理发匠许都是孔武有力的，不然腕臂间怎有那样大的力气?

椅子前面竖起的一面大镜子是颇有道理的，倒不是为了可以显影自怜，其妙在可以知道理发匠是在怎样收拾你的脑袋，人对于自己的脑袋没有不关心的。戴眼镜的朋友摘下眼镜，一片模糊，所见亦属有限。尤其是在刀剪晃动之际，呆坐如僵尸，轻易不敢动弹，对于左右坐着的邻客无从瞻仰，是一憾事。左边客人在挺着身子刮脸，声如割草，你以为必是一个大汉，其实未必然，也许是个女客；右边客人在喷香水擦雪花，你以为必是佳丽，其实亦未必然，也许是个男子。所以不看也罢，看了怪不舒服。最好是废然枯坐。

其中比较最愉快的一段经验是洗头。浓厚的肥皂汁滴在头上，如醍醐灌顶，用十指在头上搔抓，虽然不是麻姑，却也手似鸟爪。令人着急的是头皮已然搔得清痛，而东南角上一块最痒的地方始终不曾搔到。用水冲洗的时候，难免不泛滥入耳，但念平夙盥洗大概是以脸上本部为限，边远陬隅辄弗能届，如今痛加涤荡，亦是难得的盛举。电器吹风，却不好受，时而凉风习习，时而夹上一股热流，热不可当，好像是一种刑罚。

最令人难堪的是刮脸。一把大刀锋利无比，在你的喉头上眼皮上耳边上，滑来滑去，你只能瞑目屏息，捏一把汗。

Robert Lvnd[1]写过一篇《关于刮脸的讲道》，他说：

> 当剃刀触到我的脸上，我不免有这样的念头："假使理发匠忽然疯狂了呢?"很幸运的，理发匠从未发疯狂过，但我遭遇过别种差不多的危险。例如，有一个矮小的法国理发匠在雷雨中给我刮脸，电光一闪，他就跳得好老高。还有一个喝醉了的理发匠，拿着剃刀找我的脸，像个醉汉的样子伸手去一摸却扑了个空。最后把剃刀落在我的脸上了，他却靠在那里镇定一下，靠得太重了些，居然把我的下颊右方刮下了一块胡须，刀还在我的皮上，我连抗议一声都不敢。就是小声说一句，我觉得，都会使他丧胆而失去平衡，我的颈静脉也许要在他不知不觉间被他割断，后来剃刀暂时离开我的脸了，大概就是法国人所谓Reculer pour mieux saurer（退回去以便再向前扑），我趁势立刻用梦魇的声音叫起来，"别刮了，别刮了，够了，谢谢你"……

这样的怕人的经验并不多有。不过任何人都要心悸，如果在刮脸时想起相声里的那段笑话，据说理发匠学徒的时候是用一个带茸毛的冬瓜来做试验的，有事走开的时候便把刀

① 罗伯特·林德（1879—1949），英国批评家、散文家。——编者注

向瓜上一剁，后来出师服务，常常错认人头仍是那个冬瓜。刮脸的危险还在其次，最可恶的是他在刮后用手毫无忌惮地在你脸上摸，摸完之后你还得给他钱！

鸟

我爱鸟。

从前我常见提笼架鸟的人，清早在街上溜达（现在这样有闲的人少了）。我感觉兴味的不是那人的悠闲，却是那鸟的苦闷。胳膊上架着的鹰，有时头上蒙着一块皮子，羽翮不整地蜷伏着不动，哪里有半点瞵视昂藏的神气？笼子里的鸟更不用说，常年地关在栅栏里，饮啄倒是方便，冬天还有遮风的棉罩，十分地“优待”，但是如果想要“抟扶摇而直上”，便要撞头碰壁。鸟到了这种地步，我想它的苦闷，大概是仅次于粘在胶纸上的苍蝇，它的快乐，大概是仅优于在标本室里住着吧？

我开始欣赏鸟，是在四川。黎明时，窗外是一片鸟啭，不是吱吱喳喳的麻雀，不是呱呱噪啼的乌鸦，那一片声音是清脆的，是嘹亮的，有的一声长叫，包括着六七个音阶，有的只是一个声音，圆润而不觉其单调，有时是独奏，有时是合唱，简直是一派和谐的交响乐，不知有多少个春天的早晨，这样的鸟声把我从梦境唤起。等到旭日高升，市声鼎沸，鸟就沉默了，不知到哪里去了。一直等到夜晚，才又听到杜鹃叫，由远叫到近，由近叫到远，一声急似一声，竟是凄绝的哀乐。客夜闻此，说不出的酸楚！

在白昼，听不到鸟鸣，但是看得见鸟的形体。世界上的生物，没有比鸟更俊俏的。多少样不知名的小鸟，在枝头跳跃，有的曳着长长的尾巴，有的翘着尖尖的长喙，有的是胸襟上带着一块照眼的颜色，有的是飞起来的时候才闪露一下斑斓的花彩。几乎没有例外的，鸟的身躯都是玲珑饱满的，细瘦而不干瘪，丰腴而不臃肿，真是减一分则太瘦，增一分则太肥那样的秾纤合度，跳荡得那样轻灵，脚上像是有弹簧。看它高踞枝头，临风顾盼——好锐利的喜悦刺上我的心头。不知是什么东西惊动它了，它倏地振翅飞去，它不回顾，它不悲哀，它像虹似的一下就消逝了，它留下的是无限的迷惘。有时候稻田里伫立着一只白鹭，拳着一条脚，缩着颈子，有时候“一行白鹭上青天”，背后还衬着黛青的山色和釉绿的梯田。就是抓小鸡的鸢鹰，啾啾地叫着，在天空盘旋，也有令人喜悦的一种雄姿。

我爱鸟的声音，鸟的形体，这爱好是很单纯的，我对鸟并不存任何幻想。有人初闻杜鹃，兴奋得一夜不能睡，一时想到“杜宇”“望帝”，一时又想到啼血，想到客愁，觉得有无限诗意。我曾告诉他事实上全不是这样的。杜鹃原是很健壮的一种鸟，比一般的鸟魁梧得多，扁嘴大口，并不特别美，而且自己不知构巢，依仗体壮力大，硬把卵下在别个的巢里，如果巢里已有了够多的卵，便不客气地给挤落下去，孵育的责任由别个代负了，孵出来之后，羽毛渐丰，就可把巢据为己有。那人听了我的话之后，对于这豪横无情的鸟，再也不能幻出什么诗意出来了。我想济慈的“夜莺”，雪莱的“云雀”，还不都是诗人自我的幻想，与鸟何干?

鸟并不永久地给人喜悦，有时也给人悲苦。诗人哈代在一首诗里说，他在圣诞的前夕，炉里燃着熊熊的火，满室生春，桌上摆着丰盛的筵席，准备着过一个普天同庆的夜晚，蓦然看见在窗外一片美丽的雪景当中，有一只小鸟局蹐缩缩地在寒枝的梢头踞立，正在啄食一颗残余的僵冻的果儿，禁不住那料峭的寒风，栽倒地上死了，滚成一个雪团！诗人感喟曰：“鸟！你连这一个快乐的夜晚都不给我！”我也有过一次类似经验，在东北的一间双重玻璃窗的屋里，忽然看见枝头有一只麻雀，战栗地跳动抖擞着，在啄食一块干枯的叶子。但是我发现那麻雀的羽毛特别地长，而且是蓬松戟张着的：像是披着一件蓑衣，立刻使人联想到那垃圾堆上的大群褴褛而臃肿的人，那形容是一模一样的。那孤苦伶仃的麻雀，也就不暇令人哀了。

自从离开四川以后，不再容易看见那样多型类的鸟的跳荡，也不再容易听到那样悦耳的鸟鸣。只是清早遇到烟突冒烟的时候，一群麻雀挤在檐下的烟突旁边取暖，隔着窗纸有时还能看见伏在窗棂上的雀儿的映影。喜鹊不知逃到哪里去了。带哨子的鸽子也很少看见在天空打旋。黄昏时偶尔还听见寒鸦在古木上鼓噪，入夜也还能听见那像哭又像笑的鸱鸮的怪叫。再令人触目的就是那些偶然一见的囚在笼里的小鸟儿了，但是我不忍看。

医　生

医生是一种神圣的职业，因为他能解除人的痛苦，着手成春。有一个人，有点老毛病，常常发作，闹得死去活来，只要一听说延医，病就先去了八分，等到医生来到，霍然而愈。试脉搏心跳完全正常，医生只好愕然而退，延医的人真希望病人的痛苦稍延长些时。这是未着手就已成春的一例。可是医生一不小心，或是虽已小心而仍然犯错误，他随时也有机会减短人的寿命。据说庸医的药方可以辟鬼，比钟馗的像还灵，胆小的夜行人举着一张药方就可以通行无阻，因为鬼中有不少生前吃过那样药方的亏的，死后还是望而生畏。医生以济世活人为职志，事实上是掌握着生杀大权的。

说也奇怪，在舞台上医生大概总是由丑角扮演的。看过《老黄请医》的人总还记得那个医生的脸上是涂着一块粉的。在外国也是一样，在莫里哀或是拉毕施的笔下，医生也是令人啼笑皆非的人物。为什么医生这样地不受人尊敬呢?我常常纳闷。

大概人在健康的时候，总是把医药看作不祥之物，就是有点头晕脑热，也并不慌，保国粹者喝午时茶，通洋务者服阿司匹林，然后蒙头大睡，一汗而愈。谁也不愿常和医生交买卖。一旦病势转剧，伏枕哀鸣，深为造物小儿所苦，这时候就不能再忘记医生了。记得小时候家里延医，大驾一到，家人真是倒屣相迎，请入上座，捧茶献烟，环列伺候，毕恭毕敬，医生高踞上座并不谦让，吸过几十筒水烟，品过几盏茶，谈过了天气，叙过了家常，抱怨过了病家之多，此后才能开始他那一套望闻问切君臣佐使。再倒茶，再装烟，再扯几句淡话（这时节可别忘了偷偷地把“马钱”送交给车夫），然后恭送如仪。我觉得那威风不小。可是奉若神明也只限于这一短短的时期，一俟病人霍然，医生也就被丢在一旁。至于登报鸣谢悬牌挂匾的事，我总是怀疑究竟是何方主使，我想事前总有一个协定。有一个病人住医院，一只脚已经伸进了棺木，在病人看来这是一件很关重要的事，在医生看来这是常见的事，老实说医生心里也是很着急的，他不能露出着急的样子，病人的着急是不能隐藏的，于是许愿说如果病瘳要捐赠医院若干若干，等到病愈出院早把愿心抛到九霄云外，医生追问他时，他说：“我真说过这样的话吗？你看，我当时病得多厉害！”大概病人对医生没有多少好感，不病时以医生为不祥，既病则不能不委曲逢迎他，病好了，就把他一脚踢开，人是这样的忘恩负义的一种动物，有几个人能像Androclus[①]遇见的那只狮子？所以医生以丑角的姿态在舞台上出现，正好替观众发泄那平时不便表示的积愤。

可是医生那一方面也有许多别扭的地方。他若是登广告，和颜悦色地招徕主顾，立刻有人挖苦他：“你们要找庸医吗，打开报纸一看便是。”所以他被迫采取一种防御姿势，要相当地傲岸。尽管门口鬼多人少，也得做出忙的样子。请他去看病，他不能去得太早，要等你三催六请，像大旱之后云霓一般而出现。没法子，忙。你若是登门求治，挂号的号码总是第九十九号，虽然不至于拉上自己的太太小姐，坐在候诊室里来壮声势，总得摆出一种排场，令你觉得他忙，忙得不能和你多说一句话。好像是算命先生如果要细批流年需要卦金另议一般。不过也不能一概而论，医生也有健谈的，病人尽管愁眉苦脸，他能谈笑风生。我还知道一些工于应酬的医生，在行医之前，先实行一套相法，把病人的身份打量一番，对什么样的人说什么样的话。明明是西医，他对一位老太婆也会说一套阴阳五行的伤寒论，对于愿留全尸的人他不坚持打针，对于怕伤元气的人他不用泻药。明明

① 安德鲁克里斯。——编者注

地不知病原所在，他也得撰出一篇相当的脉案的说明，不能说不知道，“你不知道就是你没有本事”，说错了病原总比说不出病原令出诊费的人觉得不冤枉些。大概发烧即是火，咳嗽就是风寒，有痰就是肺热，腰疼即是肾亏，大概总没有错。摸不清病原也要下药，医生不开方就不是医生，好在符箓一般的药方也不容易被病人辨认出来。因为这种种情形的逼迫，医生不能不有一本生意经。

生意经最精的是兼营药业，诊所附设药房，开了方子立刻一配药，几十个瓶子配来配去变化无穷，最大的成本是那盛药水的小瓶，收费言无二价。出诊的医生随身带着百宝箱，灵丹妙药一应俱全，更方便，连药剂师都自兼了。

天下是有不讲理的人，“医生医病不治命”，但是打医生摘匾的事却也常有。所以话要说在前头，芝麻大的病也要说得如火如荼不可轻视，病好了是他的功劳，病死了怪不得人。如果真的疑难大症撞上门来，第一步先得说明来治太晚，第二步要模棱地说如果不生变化可保无虞，第三步是姑投以某某药剂以观后果，第四步是敬谢不敏另请高明，或是更漂亮地给介绍到某某医院，其诀曰：“推。”

我并不责难医生。我觉得医生里面固然庸医不少，可是病人里混虫也很多。有什么样子的病人就有什么样子的医生，天造地设。

雅舍小品

续集/三集/四集

旧的东西之可留恋的地方固然很多，人生之应该日新又新的地方亦复不少。对于旧日的典章文物我们尽管喜欢赞叹，可是我们不能永远盘桓在美好的记忆境界里，我们还是要回到这个现实的地面上来。

旧

“我爱一切旧的东西——老朋友，旧时代，旧习惯，古书，陈酿；而且我相信，陶乐赛，你一定也承认我一向是很喜欢一位老妻。”这是高尔斯密[1]的名剧《委曲求全》（*She Stoops to Conquer*）中那位守旧的老头儿哈德卡索先生说的话。他的夫人陶乐赛听了这句话，心里有一点高兴，这风流的老头子还是喜欢她，但是也不是没有一点愠意，因为这一句话的后半段说透了她的老。这句话的前半段没有毛病，他个人有此癖好，干别人什么事？而且事实上有很多人颇具同感，也觉得一切东西都是旧的好，除了朋友、时代、习惯、书、酒之外，有数不尽的事物都是越老越古越旧越陈越好。

① 奥利弗·高尔斯密（1730—1774），英国剧作家。——编者注

所以有人把这半句名言用花体正楷字母抄了下来，装在玻璃框里，挂在墙上，那意思好像是在向喜欢除旧布新的人挑战。

俗语说，“人不如故，衣不如新”。其实，衣着之类还是旧的舒适。新装上身之后，东也不敢坐，西也不敢靠，战战兢兢。我看见过有人全神贯注在他的新西装裤管上的那一条直线，坐下之后第一桩事便是用手在膝盖处提动几下，生恐膝部把他的笔直的裤管撑得变成了口袋。人生至此，还有什么趣味可说！看见过爱因斯坦的小照吗？他总是披着那一件敞着领口胸怀的松松大大的破夹克，上面少不了烟灰烧出的小洞，更不会没有一片片的汗斑油渍，但是他在这件破旧衣裳遮盖之下优哉游哉地神游于太虚之表。《世说新语》记载着：“桓车骑不好着新衣，浴后妇故进新衣与，车骑大怒，催使持去，妇更持还，传语云，‘衣不经新，何由得故？’桓公大笑着之。”桓冲真是好说话，他应该说，“有旧衣可着，何用新为？”也许他是为了保持阃内安宁，所以才一笑置之。“杀头而便冠”的事情，我还没有见过；但是“削足而适履”的行为，则颇多类似的例证。一般人穿的鞋，其制作设计很少有顾到一只脚是有五个趾头的，穿这样的鞋虽然无须“削”足，但是我敢说五个脚趾绝对缺乏生存空间。有人硬是觉得，新鞋不好穿，敝屣不可弃。

“新屋落成”金圣叹列为“不亦快哉”之一，快哉尽管快哉，随后那“树小墙新”的一段暴发气象却是令人难堪。“欲存老盖千年意，为觅霜根数寸栽”，但是需要等待多久！一栋建筑要等到相当破旧，才能有“树林阴翳，鸟声上下”之趣，才能有“苔痕上阶绿，草色入帘青”之乐。西洋的庭园，不时地要剪草，要修树，要打扮得新鲜耀眼，我们的园艺的标准显然地有些不同，即使是帝王之家的园囿也要在亭阁楼台画栋雕梁之外安排一个“濠濮间”“谐趣园”，表示一点点陈旧古老的萧瑟之气。至于讲学的上庠，要是墙上没有多年蔓生的常春藤，基脚上没有远年积留的苔藓，那还能算是第一流吗？

旧的事物之所以可爱，往往是因为它有内容，能唤起人的回忆。例如阳历尽管是我们正式采用的历法，在民间则阴历仍不能废，每年要过两个新年，而且只有在旧年才肯“新桃换旧符”。明知地处亚热带，仍然未能免俗要烟熏火燎地制造常常带有尸味的腊肉。端午节的龙舟粽子是不可少的，有几个人想到那“露才扬己怨怼沉江”的屈大夫？还不是旧俗相因虚应故事？中秋赏月，重九登高，永远一年一度地引起人们的不可磨灭的兴味。甚至腊八的那一锅粥，都有人难以忘怀。至于供个人赏玩的东西，当然是越旧越有意义。一把宜兴砂壶，上面有陈曼生制铭镌句，纵然破旧，气味自然高雅。“樗蒲锦背元人画，金粟笺装宋版书”，更是足以使人超然远举，与古人游。我有古钱一枚，“临安府行用，准参百文省”，把玩之余不能不联想到南渡诸公之观赏西湖歌舞。我有胡桃一对，祖父常常放在手里揉动，噶咯噶咯地作响，后来又在我父亲手里揉动，也噶咯噶咯地响了几十年，圆滑红润，有如玉髓，真是先人手泽，现在轮到我手里噶咯噶咯地响了，好几次险些儿被我的儿孙辈敲碎取出桃仁来吃！每一个破落户都可以拿出几件旧东西来，这是不足为奇的事。国家亦然。多少衰败的古国都有不少的古物，可以令人惊羡，欣赏，感慨，唏嘘！

旧的东西之可留恋的地方固然很多，人生之应该日新又新的地方亦复不少。对于旧日的典章文物我们尽管喜欢赞叹，可是我们不能永远盘桓在美好的记忆境界里，我们还是要回到这个现实的地面上来。在博物馆里我们面对商周的吉金，宋元明的书画瓷器，可是溜酸双腿走出门外便立刻要面对挤死人的公共汽车，丑恶的市招，和各种饮料一律通用的玻璃杯！

旧的东西大抵可爱，唯旧病不可复发。诸如夜郎自大的脾气，奴隶制度的残余，懒惰自私的恶习，蝇营狗苟的丑态，畸形病态的审美观念，以及罄竹难书的诸般病症，皆以早去为宜，旧病才去，可能新病又来，然而总比旧疴新恙一时并发要好一些，最可怕的是，倡言守旧，其实只是迷恋骸骨；唯新是骛，其实只是摭拾皮毛，那便是新旧之间两俱失之了。

不亦快哉

金圣叹作《三十三不亦快哉》，快人快语，读来亦觉快意。不过快意之事未必人人尽同，因为观点不同时势有异。就观察所及，试编列若干则如下：

其一，晨光熹微之际，人牵犬（或犬牵人），徐步红砖道上，呼吸新鲜空气，纵犬奔驰，任其在电线杆上或新栽树上便溺留念，或是在红砖上排出一摊狗屎以为点缀。庄子曰：道在屎溺。大道无所不在，不简秽贱，当然人犬亦应无所差别。人因散步而精神爽，犬因排泄而一身轻，而且可以保持自己家门以内之环境清洁，不亦快哉！

其一，烈日下彳亍道上，口燥舌干，忽见路边有卖甘蔗者，急忙买得两根，一手挥舞，一手持就口边，才咬一口即入佳境，随走随嚼，旁若无人，蔗滓随嚼随吐。人生贵适意，兼可为“你丢我捡”者制造工作机会，潇洒自如，不亦快哉！

其一，早起，穿着有条纹的睡衣裤，靸着凉鞋，抱红泥小火炉置街门外，手持破蒲扇，对着火炉徐徐扇之，俄而浓烟上腾，火星四射，直到天地絪缊，一片模糊。烟火中人，谁能不事炊爨？这是表示国泰民安，有米下锅，不亦快哉！

其一，天近黎明，牌局甫散，匆匆登车回府。车进巷口距家门尚有三五十码之处，任司机狂按喇叭，其声呜呜然，一声比一声近，一声比一声急，门房里有人竖着耳朵等候这听惯了的喇叭声已久，于是在车刚刚开到之际，两扇黑漆大铁门呀然而开，然后又訇的一声关闭。不费吹灰之力就使得街坊四邻矍然惊醒，翻个身再也不能入睡，只好瞪着大眼等待天明。轻而易举地执行了鸡司晨的职务，不亦快哉！

其一，放学回家，精神愉快，一路上和伙伴们打打闹闹，说说笑笑，尚不足以畅叙幽情，忽见左右住宅门前都装有电铃，铃虽设而常不响，岂不形同虚设？于是举臂舒腕，伸出食指，在每个钮上按戳一下。随后，就有人仓皇应门，有人倒屣而出，有人厉声叱问，有人伸颈探问而瞠目结舌。躲在暗处把这些现象尽收眼底，略施小技，无伤大雅，不亦快哉！

其一，隔着墙头看见人家院内有葡萄架，结实累累，虽然不及“草龙珠”那样圆，“马乳”那样长，“水晶”那样白，看着纵不流涎三尺，亦觉手痒。爬上墙头，用竹竿横扫之，狼藉满地，损人而不利己，索性呼朋引类乘昏夜越墙而入，放心大胆，各尽所能，各取所需，饱餐一顿。松鼠偷葡萄，何须问主人，不亦快哉！

其一，通衢大道，十字路口，不许人行。行人必须上天桥，下地道，岂有此理！豪杰之士不理会这一套，直入虎口，左躲右闪，居然波罗蜜多达彼岸，回头一看天桥上黑压压的人群犹在蠕动，路边的警察戟指大骂，暴躁如雷，而无可奈我何。这时节颔首示意，报以微笑，扬长而去，不亦快哉！

其一，宋周紫芝《竹坡诗话》：“……有一人，极廉介，一日有家问，即令灭官烛，取私烛阅书，阅毕，命秉官烛如初。”做官的人迂腐若是，岂不可嗤！衙门机关皆有公用之信纸信封，任人领用，便中抓起一叠塞入公事包里，带回家去，可供写私信、发请柬、寄谢帖之用，顺手牵羊，取不伤廉，不亦快哉！

其一，逛书肆，看书展，琳琅满目，真是到了嫏嬛福地。趁人潮拥挤看守者穷于肆应之际，纳书入怀，携归细赏，虽蒙贼名，不失为雅，不亦快哉！

其一，电话铃响，错误常居什之二三，且常于高枕而眠之时发生，而其人声势汹汹，了无歉意，可恼可恼。在临睡之前或任何不欲遭受干扰的时间，把电话机翻转过来，打开底部，略做手脚，使铃变得喑哑。如是则电话可以随时打出去，而外面无法随时打进来，主动操之于我，不亦快哉！

其一，生儿育女，成凤成龙，由大学卒业，而漂洋过海，而学业有成，而落户定居，而缔结良缘。从此螽斯衍庆，大事已毕，允宜在报端大刊广告，红色套印，敬告诸亲友，兼令天下人闻知，光耀门楣，不亦快哉！

沉　默

我有一位沉默寡言的朋友。有一回他来看我，嘴边绽出微笑，我知道那就是相见礼，我肃客入座，他欣然就席。我有意要考验他的定力，看他能沉默多久，于是我也打破我的习惯，我也守口如瓶。二人默对，不交一语，壁上的时钟嘀嗒嘀嗒的声音特别响。我忍耐不住，打开一听香烟递过去，他便一支接一支地抽了起来，吧嗒吧嗒之声可闻。我献上一杯茶，他便一口一口地翕呷，左右顾盼，意态萧然。等到茶尽三碗，烟罄半听，主人并未欠伸，客人兴起告辞，自始至终没有一句话。这位朋友，现在已归道山，这一回无言造访，我至今不忘。想不到“闻所闻而来，见所见而去”的那种六朝人的风度，于今之世，尚得见之。

明张鼎思《琅琊代醉编》有一段记载：“刘器之待制对

客多默坐，往往不交一谈，至于终日。客意甚倦，或请去，辄不听，至留之再三。有问之者，曰：‘人能终日矜庄危坐，而不欠伸欹侧者，盖百无一二焉，其能之者必贵人也。’盖尝以其言验之。诚然。”可见对客默坐之事，过去亦不乏其例。不过所谓“主贵”之说，倒颇耐人寻味，所谓贵，一定要有副高不可攀的神情，纵然不拒人千里之外，至少也要令人生莫测高深之感，所以处大居贵之士多半有一种特殊的本领，两眼望天，面部无表情，纵然你问他一句话，他也能听若无闻，不置可否。这样的人，如何能不贵？因为深沉的外貌，正好掩饰内部的空虚，这样的人最宜于摆在庙堂之上。《孔子家语》明明地写着，孔子“入太祖后稷之庙，庙堂右阶之前有金人焉，三缄其口，而铭其背曰：‘古之慎言人也。’”。这庙堂右阶的金人，不是为市井细民做榜样的。

謇谔之臣，骨鲠在喉，一吐为快，其实他是根本负有诤谏之责，并不是图一时之快。鸡鸣犬吠，各有所司，若有言官而钳口结舌，宁不有愧于鸡犬？至于一般的仁人君子，没有不愤世忧时的，其中大部分悯默无言，但间或也有“宁鸣而死，不默而生”的人，这样的人可使当世的人为之感喟，为之击节，他不能全名养寿，他只能在将来历史上享受他应得的清誉罢了。在有“不发言的自由”的时候而甘愿放弃这一项自由，这也是个人的自由。在如今这个时代，沉默是最后的一项自由。

有道之士，对于尘劳烦恼早已不放在心上，自然更能欣赏沉默的境界。这种沉默，不是话到嘴边再咽下去，是根本没话可说，所谓“知者不言，言者不知”。世尊在灵山会上，拈花示众，众皆寂然，唯迦叶破颜微笑，这会心微笑胜似千言万语。莲池大师说得好：“世间酽醯醇醴，藏而弥久而弥美者，皆繇封锢牢密不泄气故。古人云，‘二十年不开口说话，向后佛也奈何你不得。’旨哉言乎！”二十年不开口说话，也许要把口闷臭，但是语言道断之后，性水澄清，心珠自现，没有饶舌的必要。基督教Carthusian[①]教派也是以沉默静居为修行法门，经常彼此不许说话。“此中有真意，欲辨已忘言。”

庄子说：“吾安得夫忘言之人，而与之言哉？”现在想找真正懂得沉默的朋友，也不容易了。

① 加尔多森派。——编者注

书

从前的人喜欢夸耀门第，纵不必家世贵显，至少也要是书香人家才能算是相当的门望。书而日香，盖亦有说。从前的书，所用纸张不外毛边连史之类，加上松烟油墨，天长日久密不通风自然生出一股气味，似沉檀非沉檀，更不是桂馥兰馨，并不沁人脾胃，亦不特别触鼻，无以名之曰书香。书斋门窗紧闭，乍一进去，书香特别浓，以后也就不大觉得。现代的西装书，纸墨不同，好像有股煤油味，不好说是书香了。

不管香不香，开卷总是有益。所以世界上有那么多有书癖的人，读书种子是不会断绝的。买书就是一乐，旧日北平琉璃厂隆福寺街的书肆最是诱人，你迈进门去向柜台上的伙计点点头便直趋后堂，掌柜的出门迎客，分宾主落座，慢慢地谈生意。不要小觑那位书贾，关于目录版本之学他可能比你精。搜访图书的任务，他代你负担，只要他摸清楚了你的路数，一有所获立刻专人把样函送到府上，合意留下翻看，不合意他拿走，和和气气，书价嘛，过节再说。在这样情形之下，一个读书人很难不染上“书淫”的毛病，等到四面卷轴盈满，连坐的地方都不容易匀让出来，那时候便可以顾盼自雄，酸溜溜地自叹“丈夫拥书万卷，何假南面百城?”现代我们买书比较方便，但是搜访的乐趣，搜访而偶有所获的快感，都相当地减少了。挤在书肆里浏览图书，本来应该是像牛吃嫩草，不慌不忙的，可是若有店伙眼睛紧盯着你，生怕你是一名雅贼，你也就不会怎样地从容，还是早些离开这是非之地好些，更有些书不裁毛边，干脆拒绝翻阅。

“郝隆七月七日，出日中仰卧，人问其故，曰：‘我晒书。’”（见《世说新语》）郝先生满腹诗书，晒书和日光浴不妨同时举行。恐怕那时候的书在数量上也比较少，可以装进肚里去。司马温公也是很爱惜书的，他告诫儿子说：“吾每岁以上伏及重阳间，视天气晴明日，即设几案于当日所，侧群书于上以暴其脑。所以年月虽深，终不损动。”书脑即是书的装订之处，翻页之处则曰书口。司马温公看书也有考究，他说：“至于启卷，必先几案洁净，藉以茵褥，然后端坐看之。或欲行看，即承以方版，未曾敢空手捧之，非唯手污渍及，亦虑触动其脑。每至看竟一版，即侧右手大指面衬其沿，随覆以次指面，捻而夹过，故得不致揉熟其纸。每见汝辈多以指爪撮起，甚非吾意。”（见《宋稗类钞》）我们如今的图书不这样名贵，并且装订技术进步，不像宋朝的“蝴蝶装”那样地娇嫩，但是读书人通常还是爱惜他的书，新书到手先裹上一个包皮，要晒，要揩，要保管。我也看见过名副其实的收藏家，爱书爱到根本不去读它的程度，中国书则锦函牙签，外国书则皮面金字，庋置柜橱，满室琳琅，真好像是嫏嬛福地，书变成了陈设、古董。

有人说：“借书一痴，还书一痴。”有人分得更细：“借书一痴，惜书二痴，索书三痴，还书四痴。”大概都是有感于书之有借无还。书也应该深藏若虚，不可慢藏诲盗。最可恼的是全书一套借去一本，久假不归，全书成了残本。明人谢肇淛编《五杂俎》，记载一位“虞参政藏书数万卷，贮之一楼，在池中央，小木为彴，夜则去之。榜其门曰：‘楼不延客，书不借人。’”。这倒是好办法，可惜一般人难得有此设备。

读书乐，所以有人一卷在手往往废寝忘食。但是也有人一看见书就哈欠连连，以看书为最好的治疗失眠的方法。黄庭坚说：“人不读书，则尘俗生其间，照镜则面目可憎，对人则语言无味。”这也要看所读的是些什么书。如果读的尽是一些猥亵的东西，其人如何能有书卷气之可言？宋真宗皇帝的劝学文，实在令人难以入耳：“富家不用买良田，书中自有千钟粟，安居不用架高堂，书中自有黄金屋，出门莫恨无人随，书中车马多如簇，娶妻莫恨无良媒，书中自有颜如玉，男儿欲遂平生志，六经勤向窗前读。”不过是把书当作敲门砖以遂平生之志，勤读六经，考场求售而已。十载寒窗，其中只是苦，而且吃尽苦中苦，未必就能进入佳境。倒是英国十九世纪的罗斯金，在他的《芝麻与白百合》第一讲里，劝人读书尚友古人，那一番道理不失雅人深致。古圣先贤，成群的名世的作家，一年四季地排起队来立在书架上面等候你来点唤，呼之即来挥之即去。行吟泽畔的屈大夫，一邀就到；饭颗山头的李白杜甫也会联袂而来；想看外国戏，环球剧院的拿手好戏都随时承接堂会；亚里士多德可以把他逍遥廊下的讲词对你重述一遍。这真是读书乐。

我们国内某一处的人最好赌博，所以讳言书，因为书与输同音，读书曰读胜。基于同一理由，许多地方的赌桌旁边忌人在身后读书。人生如博弈，全副精神去应付，还未必能操胜算。如果沾染书癖，势必呆头呆脑，变成书呆，这样的人在人生的战场之上怎能不大败亏输？所以我们要钻书窟，也还要从书窟钻出来。朱晦庵有句：“书册埋头何日了，不如抛却去寻春。”是见道语，也是老实话。

年　龄

从前看人作序，或是题画，或是写匾，在署名的时候往往特别注明“时年七十有二”“时年八十有五”或是“时年九十有三”，我就肃然起敬。春秋时人荣启期以为行年九十是人生一乐，我想拥有一大把年纪的人大概是有一种可以在人前夸耀的乐趣。只是当时我离那耄耋之年还差一大截子，不知自己何年何月才有资格在署名的时候也写上年龄。我揣想署名之际写上自己的年龄，那时心情必定是扬扬得意，好像是在宣告：“小子们，你们这些黄口小儿，乳臭未干，虽然幸离襁褓，能否达到老夫这样的年龄恐怕尚未可知哩。”须知得意不可忘形，在夸示高龄的时候，未来的岁月已所余无几了。俗语有一句话说：“棺材是装死人的，不是装老人的。”话是不错，不过你试把棺盖揭开看看，里面躺着的究竟是以老年人为多。年轻的人将来的岁月尚多，所以我们称他为富于年。人生以年龄计算，多活一年即是少了一年，人到了年促之时，何可夸之有？我现在不复年轻，看人署名附带声明时年若干若干，不再有艳羡之情了。倒是看了富于年的英俊，有时不胜羡慕之至。

裸子植物和双子叶植物，其茎部的细胞因春夏成长秋冬停顿之故而形成所谓年轮，我们可以从而测知其年龄。人没有年轮，而且也不便横切开来察验。人年纪大了常自谦为马齿徒增，也没有人掰开他的嘴巴去看他的牙齿。眼角生出鱼尾纹，脸上遍撒黑斑点，都不一定是老朽的象征。头发的黑白更不足为凭。有人春秋鼎盛而已皓首皤皤，有人已到黄耇之年而顶上犹有“不白之冤”，这都是习见之事。不过岁月不饶人，冒充少年究竟不是容易事。地心的吸力谁也抵抗不住。脸上、颈上、腰上、踝上，连皮带肉地往下坠，虽不至于“载跋其胡”，那副龙钟的样子是瞒不了人的。别的部分还可以遮盖起来，面部经常暴露在外，经过几番风雨，多少回风霜，总会留下一些痕迹。

好像有些女人对于脸上的情况较为敏感。眼窝底下挂着两个泡囊，其状实在不雅，必剔除其中的脂肪而后快。两颊松懈，一条条的沟痕直垂到脖子上，下巴底下更是一层层的皮肉堆累，那就只好开刀，把整张的脸皮揪扯上去，像国剧一些演员化妆那样，眉毛眼睛一齐上挑，两腮变得较为光滑平坦，皱纹似乎全不见了。此之谓美容、整容，俗称之为拉皮。行拉皮手术的人，都秘不告人，而且讳言其事。所以在饮宴席上，如有面无皱纹的年高名婆在座，不妨含混地称赞她驻颜有术，但是在点菜的时候不宜高声地要鸡丝拉皮。

其实自古以来也有不少男士热衷于驻颜。南朝宋颜延之《庭诰文》：“炼形之家，必就深旷，友飞灵，糇丹石，粒精英，所以还年却老，延华驻采。”道家炼形养元，可以尸解升天，岂止延华驻采？这都是一些姑妄言之的神话。贵为天子的人才真的想要还年却老，千方百计地求那不老的仙丹。看来只有晋孝武帝比较通达事理，他饮酒举杯属长星（即彗星）：“长星，劝尔一杯酒，自古何时有万岁天子？”可是一般的天子或近似天子的人都喜欢听人高呼万岁无疆！

除了将要诹吉纳采交换庚帖之外，对于别人的真实年龄根本没有多加探讨的必要。但是我们的习俗，于请教“贵姓”“大名”“府上”之后，有时就会问起“贵庚”“高寿”。有人问我多大年纪，我据实相告“七十八岁了”。他把我上下打量，摇摇头说：“不像，不像，很健康的样子，顶多五十。”好像他比我自己知道得更清楚。那是言不由衷的恭维话，我知道，但是他有意无意地提醒了我刚忘记了的人生四苦。能不能不提年龄，说一些别的，如今天天气之类？

女人的年龄是一大禁忌，不许别人问的。有一位女士很旷达，人问其芳龄，她据实以告："三十以上，八十以下。"其实人的年龄不大容易隐秘，下一番考证功夫，就能找出线索，虽不中亦不远矣。这样做，除了满足好奇心以外，没有多少意义。可是人就是好奇。有一位男士在咖啡厅里邂逅一位女士，在暗暗的灯光之下他实在摸不清对方的年龄，他用臂肘触了我一下，偷偷地在桌下伸出一只巴掌，戟张着五指，低声问我有没有这个数目，我吓了一跳，以为他要借五万块钱，原来他是打听对方芳龄有无半百。我用四个字回答他："干卿底事？"有一位道行很高的和尚，涅槃的时候据说有一百好几十岁，考证起来聚讼纷纷，据我看，估量女士的年龄不妨从宽，七折八折优待。计算高僧的年龄也不妨从宽，多加三成五成。

人到了迟暮，如石火风灯，命在须臾，但是仍不喜欢别人预言他的大限。丘吉尔八十岁过生日，一位冒失的新闻记者有意讨好地说："丘吉尔先生，我今天非常高兴，希望我能再来参加你的九十岁的生日宴。"丘吉尔耸了一下眉毛说："小伙子，我看你身体蛮健康的，没有理由不能来参加我九十岁的宴会。"胡适之先生素来善于言辞，有时也不免说溜了嘴，他六十八岁时候来台湾，在一次欢宴中遇到长他十几岁的齐如山先生，没话找话地说："齐先生，我看你活到九十岁绝无问题。"齐先生愣了一下说："我倒有个故事，有一位矍铄老叟，人家恭维他可以活到一百岁，愤然作色曰：‘我又不吃你的饭，你为什么限制我的寿数?’”胡先生急忙道歉：“我说错了话。”

讲 演

生平听过无数次讲演，能高高兴兴地去听，听得入耳，中途不打呵欠不打瞌睡者，却没有几次。听完之后，回味无穷，印象长留，历久弥新者，就更难得一遇了。

小时候在学校里，每逢星期五下午四时，奉召齐集礼堂听演讲，大部分是请校外名人莅校演讲，名之曰“伦理演讲”，事前也不宣布讲题，因为学校当局也不知道他要讲什么。也很可能他自己也不知要讲什么。总之，把学生们教训一顿就行。所谓名人，包括青年会总干事、外交部的职业外交家、从前做过国务总理的、做过督军什么的，还有孔教会会长，等等，不消说都是可敬的人物。他们说的话也许偶尔有些值得令人服膺弗失的，可是我一律“只作耳边风”。大概我从小就是不属于孺子可教的一类。每逢讲演，我把心一横，心想我卖给你一个钟头时间做你的听众之一便是。难道说我根本不想一瞻名人风采？那倒也不。人总是好奇，动物园里猴子吃花生，都有人围着观看，何况盛名之下世人所瞻的人物？闻名不如见面，不过也时常是见面不如闻名罢了。

给我印象最深的两次演讲，事隔数十年未能忘怀。一次是听梁启超先生讲《中国文学里表现的情感》。时在民国十二年春，地点是清华学校高等科楼上一间大教室。主席是我班上的一位同学。一连讲了三四次，每次听者踊跃，座无虚席。听讲的人大半是想一瞻风采，可是听他讲得痛快淋漓，无不为之动容。我当时所得的印象是：中等身材，微露秃顶，风神潇散，声如洪钟。一口的广东官话，铿锵有致。他的讲演是有底稿的，用毛笔写在宣纸稿纸上，整整齐齐一大叠，后来发表在《饮冰室文集》。不过他讲时不大看底稿，有时略翻一下，更时常顺口添加资料。他长篇大段地凭记忆引诵诗词，有时候记不起来，愣在台上良久良久，然后用手指敲头三两击，猛然记起，便笑容可掬地朗诵下去。讲起《桃花扇》，诵到“高皇帝，在九天，也不管他孝子贤孙，变成了飘蓬断梗……”，竟涔涔泪下，听者愀然危坐，那景况感人极了。他讲得认真吃力，渴了便喝一口开水，掏出大块毛巾揩脸上的汗，不时地呼唤他坐在前排的儿子：“思成，黑板擦擦！”梁思成便跳上台去把黑板擦干净。每次钟响，他讲不完，总要拖几分钟，然后他于掌声雷动中大摇大摆地徐徐步出教室。听众守在座位上，没有一个人敢先离席。

又一次是民国二十年夏，胡适之先生由沪赴平，路过青岛，我们在青岛的几个朋友招待他小住数日，顺便请他在青岛大学讲演一次。他事前无准备，只得临时“抓哏”，讲题是《山东在中国文化上的地位》。他凭他平时的素养，旁征博引，由“齐一变至于鲁，鲁一变至于道”讲到山东一般的对于学术思想文学的种种贡献，好像是中国文化的起源与发扬尽在于是。听者全校师生绝大部分是山东人，直听得如醍醐灌顶，乐不可支，掌声不绝，真是好像要把屋顶震塌下来。胡先生雅擅言辞，而且善于恭维人，国语虽不标准，而表情非常凝重，说到沉痛处，辄咬牙切齿地一个字一个字地吐出来，令听者不由得不信服他所说的话语。他曾对我说，他是得力于《圣经》传道的作风，无论是为文言或白话，一定要出之于绝对的自信，然后才能使人信。他又有一次演讲，一九六〇年七月他在西雅图“中美文化关系讨论会”用英语发表的一篇演说，题为《中国传统的未来》。他面对一些所谓汉学家，于一个多小时之内，缕述中国文化变迁的大势，从而推断其辉煌的未来，旁征博引，气盛言直，赢得全场起立鼓掌。有一位汉学家对我说：“这是一篇丘吉尔式（Churchillian）的演讲！”其实一篇言中有物的演讲，岂止是丘吉尔式而已哉？

一般人常常有一种误会，以为有名的人，其言论必定高明；又以为官做得大者，其演讲必定动听。一个人能有多少学问上的心得，处理事务的真知灼见，或是独特的经验，值得兴师动众，令大家屏息静坐以听？爱因斯坦在某大学餐宴之后被邀致辞，他站起来说："我今晚没有什么话好说，等我有话说的时候会再来领教。"说完他就坐下去了。过了些天，他果然自动请求来校，发表了一篇精彩的演说。这个故事，知道的人很多，肯效法仿行的人太少。据说有一位名人搭飞机到远处演讲，言中无物，废话连篇，听者连连欠伸。冗长的演讲过后，他问听众有何问题提出，听众没有反应，只有一人缓缓起立问曰："你回家的飞机几时起飞？"

我们中国士大夫最忌讳谈金钱报酬，一谈到阿堵物，便显着俗。司马相如的一篇《长门赋》得到孝武皇帝、陈皇后的酬劳黄金百斤，那是文人异数。韩文公为人作墓碑铭文，其笔润也是数以斤计的黄金，招来谀墓的讥诮。郑板桥的书画润例自订，有话直说，一贯的玩世不恭。一般人的润单，常常不好意思自己开口，要请名流好友代为拟订。演讲其实也是吃开口饭的行当中的一种，即使是学富五车，事前总要准备，到时候面对黑压压的一片，即使能侃侃而谈，个把钟头下来，大概没有不口燥舌干的。凭这一份辛劳，也应该有一份报酬，但是邀请人来演讲的主人往往不作如是想。

给你的邀请函不是已经极尽恭维奉承之能事，把你形容得真像是一个万流景仰而渴欲一瞻风采的人物了吗？你还不觉得踌躇满志？没有观众，戏是唱不成的。我们为你纠合这么大一批听众来听你说话，并不收取你任何费用，你好意思反过来向我们索酬？在你眉飞色舞唾星四溅的时候，我们不是没有恭恭敬敬地给你送上一杯不冷不烫的白开水，喝不喝在你。你讲完之后，我们不是没有给你猛敲肉梆子；你打道回府的时候，我们不是没有恭送如仪，鞠躬如也地一直送到你登车绝尘而去。我们仁至义尽，你尚何怨之有？

天下不公平之事往往如是，越不能讲演的人，偏偏有人要他上台说话；越想登台致辞的人，偏偏很少有机会过瘾。我就认识一个人，他略有小名，邀他讲演的人太多，使他不胜其烦。有一天（一九八〇年三月十七日），他在报上看到一则新闻，《邱永汉先生访问记》，有这样的一段：

> 邱先生在日本各地演讲，每两小时报酬一百万元，折合台币十五万。想创业的年轻人向他请益需挂号排队，面授机宜的时间每分钟一万元。记者向他采访也照行情计算，每半小时两万元。借阅资料每件五千元。他太太教中国菜让电视台录影，也是照这行情。从三月初起，日本职业作家一齐印成采访价目一览表，寄往各报社，价格随石油物价的变动又有新的调整。

他看了灵机一动，何妨依样葫芦？于是敷陈楮墨，奋笔疾书，自订润格曰："老夫精神日损，讲演邀请频繁。深闭固拒，有伤和气。舌敝唇焦，无补稻粱。爰订润例，稍事限制。各方友好，幸垂察焉。市区以内，每小时讲演五万元，市区以外倍之。约宜早订，款请先惠……"稿尚未成，友辈来访，见之大惊，咸以为不可。都说此举不合情，而且后果堪虞。他一想这话也对，不可造次，其事遂寝。

双城记

这“双城记”与狄更斯的小说《二城故事》无关。

我所谓的双城是指我们中国的台北与美国的西雅图。对这两个城市，我都有一点粗略的认识。在台北我住了三十多年，搬过六次家，从德惠街搬到辛亥路，吃过拜拜，挤过花朝，游过孔庙，逛过万华，究竟所知有限。高阶层的灯红酒绿，低阶层的褐衣蔬食，接触不多，平夙交游活动的范围也很狭小，疏慵成性，画地为牢，中华路以西即甚少涉足。西雅图（简称西市）是美国西北部一大港口，若干年来我曾访问过不下十次，居留期间长则三两年，短则一两月，闭门家中坐的时候多，因为虽有胜情而无济胜之具，即或驾言出游，也不过是浮光掠影。所以我说我对这两个城市，只有一点粗略的认识。

我向不欲侈谈中西文化，更不敢妄加比较。只因所知不够宽广，不够深入。中国文化历史悠久，不是片言可以概括；西方文化也够博大精深，非一时一地的一鳞半爪所能代表。我现在所要谈的只是就两个城市，凭个人耳目所及，一些浅显的感受或观察。“贤者识其大，不贤者识其小”，如是而已。

两个地方的气候不同。台北地处亚热带，又是一个盆地，环市皆山。我从楼头俯瞰，常见白茫茫的一片，好像有“气蒸云梦泽”的气势。到了黄梅天，衣服被褥总是湿漉漉的。夏季午后常有阵雨，来得骤，去得急，雷电交掣之后，雨过天晴。台风过境，则排山倒海，像是要耸散穹隆，应是台湾一景，台北也偶叨临幸。西市在美国西北隅海港内，其纬度相当于我国东北之哈尔滨与齐齐哈尔，赖有海洋暖流调剂，冬天虽亦雨雪霏霏而不至于酷寒，夏季则早晚特凉，夜眠需拥重毯。也有连绵的淫雨，但晴时天朗气清，长空万里。我曾见长虹横亘，作一百八十度，罩盖半边天。凌晨四时，暾出东方，日薄崦嵫要在晚间九时以后。

我从台北来，着夏季衣裳，西市机场内有暖气，尚不觉有异，一出机场大门立刻觉得寒气逼人，家人乃急以厚重大衣加身。我深吸一口大气，沁人肺腑，有似冰心在玉壶。我回到台北去，一出有冷气的机场，熏风扑面，遍体生津，俨如落进一镬热粥糜。不过人各有所好，不可一概而论。我认识一位生长台北而长居西市的朋友，据告非常想念台北，想念台北的一切，尤其是想念台北夏之湿黏燠热的天气！

西市的天气干爽，凭窗远眺，但见山是山，水是水，红的是花，绿的是叶，轮廓分明，纤微毕现，而且色泽鲜艳。我们台北路边也有树，重阳木、霸王椰、红棉树、白千层……都很壮观，不过树叶上蒙了一层灰尘，只有到了阳明山才能看见像打了蜡似的绿叶。

西市家家有烟囱，但是个个烟囱不冒烟。壁炉里烧着火光熊熊的大木橛，多半是假的，是电动的机关。晴时可以望见积雪皑皑的瑞尼尔山，好像是浮在半天中；北望喀斯开山脉若隐若现。台北则异于是。很少人家有烟囱，很多人家在房顶上、在院子里、在道路边烧纸、烧垃圾，东一把火西一股烟，大有“夜举烽、昼燔燧”之致。凭窗亦可看山，我天天看得见的是近在咫尺的蟾蜍山。近山绿，远山青。观音山则永远是淡淡的一抹花青，大屯山则更常是云深不知处了。不过我们也不可忘记，圣海伦斯火山爆发，如果风向稍偏一点，西市也会变得灰头土脸。

对于一个爱花木的人来说，两城各有千秋。西市有著名的州花山杜鹃，繁花如簇，光艳照人，几乎没有一家庭园间不有几棵点缀。此外如茶花、玫瑰、辛夷、球茎海棠，也都茁壮可喜。此地花厂很多，规模大而品类繁。最难得的是台湾气候养不好的牡丹，此地偶可一见。友人马逢华伉俪精心培植了几株牡丹，黄色者尤为高雅，我今年来此稍迟，枝头仅余一朵，蒙剪下见贻，案头瓶供，五日而谢。严格讲，台北气候、土壤似不特宜莳花，但各地名花荟萃于是。如台北选举市花，窃谓杜鹃宜推魁首。这杜鹃不同于西市的山杜鹃，体态轻盈小巧，而又耐热耐干。台北艺兰之风甚盛，洋兰、蝴蝶兰、石斛兰都穷极娇艳，到处有之，唯花美叶美而又有淡淡幽香者为素心兰，此所以被人称为“君子之香”而又可以入画。水仙也是台北一绝，每逢新年，岁朝清供之中，凌波仙子为必不可少之一员。以视西市之所谓水仙，路旁泽畔一大片一大片地临风招展，其情趣又大不相同。

夜不闭户，路不拾遗，乃想象中的大同世界，古今中外从来没有一个地方真正实现过。人性本有善良一面、丑恶一面，故人群中欲其“不稂不莠”，实不可能。大体上能保持法律与秩序，大多数人民能安居乐业，就算是治安良好，其形态、其程度在各地容有不同而已。

台北之治安良好是举世闻名的。我于三十几年之中，只轮到一次独行盗公然登堂入室，抢夺了一只手表和一把钞票，而且他于十二小时内落网，于十二日内伏诛。而且，在我奉传指证人犯的时候，他还对我说了一声“对不起”。至于剪绺扒窃之徒，则何处无之？我于三十几年中只失落了三支自来水笔，一次是在动物园看蛇吃鸡，一次是在公共汽车里，一次是在成都路行人道上。都怪自己不小心。此外家里蒙贼光顾若干次，一共只损失了两具大同电锅，也许是因为寒舍实在别无长物。“大搬家”的事常有所闻，大概是其中琳琅满目值得一搬。台北民房窗上多装铁栅，其状不雅，火警时难以逃生，久为中外人士所诟病。西市的屋窗皆不装铁栏，而且没有围墙，顶多设短栏栅防狗。可是我在西市下榻之处，数年内即有三次昏夜中承蒙嬉皮之类的青年以啤酒瓶砸烂玻璃窗，报警后，警车于数分钟内到达，开一报案号码由事主收执，此后也就没有下文。衙门机关的大扇门窗照砸，私人家里的窗户算得什么！银行门口大型盆树也有人夤夜搬走。不过说来这都是癣疥之疾。明火抢银行才是大案子，西市也发生过几起，报纸上轻描淡写，大家也司空见惯，这是台北所没有的事。

台北市虎，目中无人，尤其是拼命三郎所骑的嘟嘟响冒青烟的机车，横冲直撞，见缝就钻，红砖道上也常如虎出柙。谁以为斑马线安全，谁可能吃眼前亏。有人说这里的交通秩序之乱甲于全球，我没有周游过世界，不敢妄言。西市的情形则确是两样，不晓得一般驾车的人为什么那样地服从成性，见了“停”字就停，也不管前面有无行人车辆。时常行人过街，驾车的人停车向你点头挥手，只是没听见他说“您请！您请！”我也见过两车相撞，奇怪的是两方并未骂街，从容地交换姓名、住址及保险公司的行号，分别离去，不伤和气。也没有聚集一大堆人看热闹。可是谁也不能不承认，台北的计程车满街跑，呼之即来，方便至极。虽然这也要靠运气，可能司机先生蓬首垢面、跣足拖鞋，也可能嫌你路程太短而怨气冲天，也可能他的车座年久失修而坑洼不平，也可能他烟瘾大发而火星烟屑飞落到你的胸襟，也可能他看你可欺而把车开到荒郊野外掏出一把起子而对你强……不过这是难得一遇的事。在台北坐计程车还算是安全的，比行人穿越马路要安全得多。西市计程车少，是因为私有汽车太多，物以稀为贵，所以清早要雇车到飞机场，需要前一晚就要洽约，而且车费也很高昂，不过不像我们桃园机场的车那样地乱。

吃在台北，一说起来就会令许多老饕流涎三尺。大小餐馆林立，各种口味都有。有人说中国的烹饪艺术只有在台湾能保持于不坠。这个说起来话长。目前在台北的厨师，各省籍的都有，而所谓北方的、宁浙的、广东的、四川的等餐馆掌勺的人，一大部分未必是师承有自的行家，很可能是略窥门径的二把刀。点一个辣子鸡、醋熘鱼、红烧鲍鱼、回锅肉……立即就可以品出其中含有多少家乡风味。也许是限于调货，手艺不便施展。例如烤鸭，就没有一家能够水准，因为根本没有那种适宜于烤的鸭。大家思乡嘴馋，依稀仿佛之中觉得聊胜于无而已。整桌的酒席，内容丰盛近于奢靡，可置不论。平民食物，事关大众，才是我们所最关心的。台北的小吃店大排档常有物美价廉的各地食物。一般而论，人民食物在质量上尚很充分，唯在营养、卫生方面则尚有待改进。一般的厨房炊具、用具、洗涤储藏，都不够清洁。有人进餐厅，先察看其厕所及厨房，如不满意，回头就走，至少下次不再问津。我每天吃油条烧饼，有人警告我："当心烧饼里有老鼠屎！"我翌日细察，果然不诬，吓得我好久好久不敢尝试，其实看看那桶既浑且黑的洗碗水，也就足以令人趑趄不前了。

美国的食物，全国各地无大差异。常听人讥评美国人，文化浅，不会吃，有人初到美国留学，穷得日以罐头充饥，遂以为美国人的食物与狗食无大差异。事实上，有些嬉皮还真是常吃狗食罐头，以表示其箪食瓢饮的风度。美国人不善烹调，也是事实，不过以他们的聪明才智，如肯下功夫于调和鼎鼐，恐亦未必逊于其他国家。他们的生活紧张，凡事讲究快速和效率，普通工作的人，午餐时间由半小时至一小时，我没听说过身心健全的人还有所谓午睡。他们的吃食简单，他们也有类似便当的食盒，但是我没听说过蒸热便当再吃。

他们的平民食物是汉堡三文治、热狗、炸鸡、炸鱼、比萨等，价廉而快速简便，随身有五指钢叉，吃过抹抹嘴就行了。说起汉堡三文治，我们台北也有，但是偷工减料，相形见绌。麦当劳的大型汉堡（“Big Mac”），里面油多肉多菜多，厚厚实实，拿在手里滚热，吃在口里喷香。我吃过两次赫尔飞的咸肉汉堡三文治，体形更大，双层肉饼，再加上几条部分透明的咸肉、番茄、洋葱、沙拉酱，需要把嘴张大到最大限度方能一口咬下去。西市滨海，蛤王、蟹王，各种鱼、虾，以及江瑶柱等，无不鲜美。台北有蚵仔煎，西市有蚵羹，差可媲美。肯德基炸鸡，面糊有秘方，台北仿制像是东施效颦一无是处。西市餐馆不分大小，经常接受清洁检查，经常有公开处罚勒令改进之事，值得令人喝彩，卫生行政人员显然不是尸位素餐之辈。

台北的牛排馆不少，但是求其不像是皮鞋底而能咀嚼下咽者并不多觏。西市的牛排大致软韧合度而含汁浆。居民几乎家家后院有烤肉的设备，时常一家烤肉三家香，不必一定要到海滨、山上去燔炙，这种风味不是家居台北者所能领略。

西雅图地广人稀，历史短而规模大，住宅区和商业区有相当距离。五十多万人口，就有好几十处公园。市政府与华盛顿大学共有的植物园就在市中心区，真所谓闹中取静，尤为难能可贵。海滨的几处公园，有沙滩，可以掘蛤，可以捞海带，可以观赏海鸥飞翔，渔舟点点。义勇兵公园里有艺术馆（门前立着的石兽翁仲是从中国搬去的！），有温室（内有台湾的兰花)。到处都有原始森林保存剩下的参天古木。西市是美国北部荒野边陲开辟出来的一个现代都市。我们的台北是一个古老的城市，突然繁荣发展，以致到处有张皇失措的现象。房地价格在西市以上。楼上住宅，楼下可能是乌烟瘴气的汽车修理厂，或是铁工厂，或是洗衣店。横七竖八的市招令人眼花缭乱。

大街道上摊贩云集，是台北的一景，其实这也是古老传统“市集”的遗风。古时日中为市，我们是入夜摆摊。警察来则哄然而逃，警察去则蜂然复聚。买卖双方怡然称便。有几条街的摊贩已成定型，各有专营的行当，好像没有人取缔。最近，一些学生也参加了行列，声势益发浩大。西市没有摊贩之说，人穷急了抢银行，谁肯博此蝇头之利？不过海滨也有一个少数民族麇集的摊贩市场，卖鱼鲜、菜蔬、杂货之类，还不时地有些大胡子青年弹吉他唱曲，在那里助兴讨钱。有一回我在那里的街头徘徊，突闻一缕异香袭人，发现街角有推车小贩，卖糖炒栗子，要二角五分一颗，他是意大利人。这和我们台北沿街贩卖烤白薯的情形颇为近似。也曾看见过推车子卖油炸圈饼的。夏季，住宅区内，偶有三轮汽车叮当铃响地缓缓而行，逗孩子们从家门飞奔出来买冰淇淋。除此以外，住宅区一片寂静，巷内少人行，门前车马稀，没听过汽车喇叭响，哪有我们台北热闹？

西市盛产木材，一般房屋都是木造的，木料很坚实，围墙栅栏也是木造的居多。一般住家都是平房，高楼公寓并不多见。这和我们的四层公寓七层大厦的景况不同。因此，家家都有前庭后院，家家都割草莳花，而很难得一见有人在阳光下晒晾衣服。讲到衣服，美国人很不讲究，大概只有银行职员、政府官吏、公司店伙才整套西装打领结。如果遇到一个中国人服装整齐，大概可以料想他是刚从台湾来。从前大学校园里，教授的特殊标志是打领结，现亦不复然，也常是随随便便的一副褦襶相。所谓“汽车房旧物发卖”或“慈善性义卖”之类，有时候五角钱可以买到一件外套，一元钱可以买到一身西装，还相当不错。

西市的垃圾处理是由一家民营公司承办。每星期固定一日有汽车挨户收取，这汽车是密闭的，没有我们台北垃圾车之《少女的祈祷》的乐声，司机一声不响跳下车来把各家门前的垃圾桶扛在肩上往车里一丢，里面的机关发动就把垃圾碾碎了。在台北，一辆垃圾车配有好几位工人，大家一面忙着搬运一面忙着做垃圾分类的工作，塑胶袋放在一堆，玻璃瓶又是一堆，厚纸箱又是一堆。最无用的垃圾运到较偏僻的地方摊堆开来，还有人做第二梯次的爬梳工作。

西市的人喜欢户外生活，我们台北的人好像是偏爱室内的游戏。西市湖滨游艇蚁聚，好多汽车顶上驮着机船满街跑。到处有人清晨慢跑，风雨无阻。滑雪、爬山、露营，青年人趋之若鹜。山难之事似乎不大听说。

不知是谁造了“月亮外国的圆”这样一句俏皮的反语，挖苦盲目崇洋的人。偏偏又有人喜欢搬出杜工部的一句诗“月是故乡圆”，这就有点画蛇添足了。何况杜诗原意也不是说故乡的月亮比异地的圆，只是说遥想故乡此刻也是月圆之时而已。我所描写的双地，瑕瑜互见，也许，揭了自己的疮疤，长了他人的志气；也许，没有违反见贤思齐闻过则喜的道理，唯读者谅之。

馋

馋，在英文里找不到一个十分适当的字。罗马暴君尼禄，以至于英国的亨利八世，在大宴群臣的时候，常见其撕下一根根又粗又壮的鸡腿，举起来大嚼，旁若无人，好一副饕餮相！但那不是馋。埃及废王法鲁克，据说每天早餐一口气吃二十个荷包蛋，也不是馋，只是放肆，只是没有吃相。对某一种食物有所偏好，于是大量地吃，这是贪多无厌。馋，则着重在食物的质，最需要满足的是品味。上天生人，在他嘴里安放一条舌，舌上还有无数的味蕾，教人焉得不馋？馋，基于生理的要求；也可以发展成为近于艺术的趣味。

也许我们中国人特别馋一些，馋字从食，毚声。毚音谗，本义是狡兔，善于奔走，人为了口腹之欲，不惜多方奔走以膏馋吻，所谓“为了一张嘴，跑断两条腿”。真正的馋人，为了吃，决不懒。我有一位亲戚，属汉军旗，又穷又馋。一日傍晚，大风雪，老头子缩头缩脑偎着小煤炉子取暖。他的儿子下班回家，顺路市得四只鸭梨，以一只奉其父。父得梨，大喜，当即啃了半只，随后就披衣戴帽，拿着一只小碗，冲出门外，在风雪交加中不见了人影。他的儿子只听得大门哐啷一声响，追已无及。越一小时，老头子托着小碗回来了，原来他是要吃温桲拌梨丝！从前酒席，一上来就是四干、四鲜、四蜜饯，温桲、鸭梨是现成的，饭后一盘温桲拌梨丝别有风味（没有鸭梨的时候白菜心也能代替）。这老头子吃剩半个梨，突然想起此味，乃不惜于风雪之中奔走一小时。这就是馋。

人之最馋的时候是在想吃一样东西而又不可得的那一段期间。希腊神话中之谭塔勒斯，水深及颚而不得饮，果实当前而不得食，饿火中烧，痛苦万状，他的感觉不是馋，是求生不成求死不得。馋没有这样的严重。人之犯馋，是在饱暖之余，眼看着、回想起或是谈论到某一美味，喉头像是有馋虫搔抓作痒，只好干咽唾沫。一旦得遂所愿，恣情享受，浑身通泰。抗战七八年，我在后方，真想吃故都的食物，人就是这个样子，对于家乡风味总是念念不忘，其实“千里莼羹，未下盐豉”也不见得像传说的那样迷人。我曾痴想北平羊头肉的风味，想了七八年；胜利还乡之后，一个冬夜，听得深巷卖羊头肉小贩的吆喝声，立即从被窝里爬出来，把小贩唤进门洞，我坐在懒凳上看着他于暗淡的油灯照明之下，抽出一把雪亮的薄刀，横着刀刃片羊脸子，片得飞薄，然后取出一只蒙着纱布的羊角，撒上一些椒盐。我托着一盘羊头肉，重复钻进被窝，在枕上一片一片的羊头肉放进嘴里，不知不觉地进入了睡乡，十分满足地解了馋瘾。但是，老实讲，滋味虽好，总不及在痴想时所想象的香。我小时候，早晨跟我哥哥步行到大鹁鸽市陶氏学堂上学，校门口有个小吃摊贩，切下一片片的东西放在碟子上，洒上红糖汁、玫瑰木樨，淡紫色，样子实在令人馋涎欲滴。走近看，知道是糯米藕。一问价钱，要四个铜板，而我们早点费每天只有两个铜板，我们当下决定，饿一天，明天就可以一尝异味。所付代价太大，所以也不能常吃。糯米藕一直在我心中留下不可磨灭的印象。后来成家立业，想吃糯米藕不费吹灰之力，餐馆里有时也有供应，不过浅尝辄止，不复有当年之馋。

馋与阶级无关。豪富人家，日食万钱，犹云无下箸处，是因为他这种所谓饮食之人放纵过度，连馋的本能和机会都被剥夺了，他不是不馋，也不是太馋，他麻木了，所以他就要千方百计地在食物方面寻求新的材料、新的刺激。我有一位朋友，湖南桂东县人，他那偏僻小县却因乳猪而著名，他告我说每年某巨公派人前去采购乳猪，搭飞机运走，充实他的郇厨。烤乳猪，何地无之？何必远求？我还记得有人治寿筵，客有专诚献“烤方”者，选尺余见方的细皮嫩肉的猪臀一整块，用铁钩挂在架上，以炭肉燔炙，时而武火，时而文火，烤数小时而皮焦肉熟。上桌时，先是一盘脆皮，随后是大薄片的白肉，其味绝美，与广东的烤猪或北平的驴肉风味不同，使得一桌的珍馐相形见绌。可见天下之口有同嗜，普通的一块上好的猪肉，苟处理得法，即快朵颐。像《世说》所谓，王武子家的烝豚，乃是以人乳喂养的，实在觉得多此一举，怪不得魏武未终席而去。人是肉食动物，不必等到“七十者可以食肉矣”，平夙有一些肉类佐餐，也就可以满足了。

北平人馋，可是也没听说有谁真个馋死，或是为了馋而倾家荡产。大抵好吃的东西都有个季节，逢时按节地享受一番，会因自然调节而不逾矩。开春吃春饼，随后黄花鱼上市，紧接着大头鱼也来了，恰巧这时候后院花椒树发芽，正好掐下来烹鱼。鱼季过后，青蛤当令。紫藤花开，吃藤萝饼，玫瑰花开，吃玫瑰饼；还有枣泥大花糕。到了夏季，“老鸡头才上河哟”，紧接着是菱角、莲蓬、藕、豌豆糕、驴打滚、爱窝窝，一起出现。席上常见水晶肘，坊间唱卖烧羊肉，这时候嫩黄瓜、新蒜头应时而系。秋风一起，先闻到糖炒栗子的气味，然后就是炰烤涮羊肉，还有七尖八团的大螃蟹。“老婆老婆你别馋，过了腊八就是年。”过年前后，食物的丰盛就更不必细说。一年四季的馋，周而复始的吃。

馋非罪，反而是胃口好、健康的现象，比食而不知其味要好得多。

鼾

我初到南京教书那一年，先是被安置在一间宿舍里，可巧一位朋友也是应聘自北平来，遂暂与我同居一室。夜晚就寝，这位相貌清癯仪态潇洒的朋友，头刚沾枕，立刻响起鼾声，不是普通呼噜呼噜的鼾声，他调门高，作金石声，有铜锤花脸或是秦腔的韵味，而且在十响八响的高亢的鼾声之后，还猛然带一个逆腔的回钩。这下子他把自己惊醒了，可是他哼哼唧唧地蠕动了几下，又开始奏起他的独特的音乐。我不知所措，彻夜无眠。

过两天这位朋友搬走了，又来了一位心广体胖脂腴特丰的朋友，他在南京有家，看见我室有空床，决意要和我联床夜话。他块头大、气势足，鼾声轰隆轰隆，不同凡响。凡事应慎之于始，我立即拿起一只多余的绣花枕头，对准他的床上掷去，他徐徐地开言道："你是嫌我鼾声太大吗？"原来他尚未睡熟，只是小试啼声，预演的性质。我毫无力祛，听他演奏通宵达旦。

我本来没有打鼾的习惯，等到中年发福，又常以把盏为乐，"三日不饮酒，觉形神不复相亲"，于是三日一小饮，五日一大醉，隗然卧倒，鼾声如雷。我初不自知，当然亦不肯承认，可是家人指控历历如绘，甚至于形容我的呼声之高，硬说我一呼一吸之际，屋门也应声一翕一张。小女淘气，复于我鼾声大作之时，录声为证。无法抵赖，只得承招。但是我还要试为自己解脱，引证先贤亦复尔耳，不足为病，未可厚非。黄山谷题苏东坡书后有云："东坡居士……性喜酒，然不能四五龠已烂醉，不辞谢而就卧，鼻鼾如雷。"可见贤者不免，吾又何尤？

鼾声扰人，究竟不是好事。记得有人发明过一种"止鼾器"。睡时纳入口中，好像就能控制口腔内某一部分的筋肉使之不能颤动，自然就不会发出鼾声。我没见过这种伟大的发明，也不知道有什么情愿一试的人做过实验。这种东西没有流行到市面上来，很快地就匿迹销声，不是证明其为无效，是证明人对于鼾的厌恶，尚未深刻到心甘情愿以异物纳入口腔的程度。

如果不是在人卧榻之侧制造噪音，扰人清睡，打鼾似乎没有多大害处。有些医学家可不这样想。报载：

【合众国际社密歇根安那柏一九七六年十一月十九日电】

一位研究睡眠失常的专家指出，鼾声太大可能对健康有害，情况严重的，甚至会使你的心脏停止跳动。

斯坦福大学睡眠失常门诊中心主任狄蒙博士在密歇根大学的内科医师会议上指出，有打鼾毛病的人几乎无法真正睡一晚好眠。

他说，鼾声大的人，每一千位成年男人中，平均有一人当他睡着时心脏有停止跳动的危险，……当他们的喉头上部与口腔组织过度松弛时，就切断了通向肺部的空气。……这些睡眠者因此必须挣扎喘气，以吸取空气至肺内。严重时，此种循环一晚可能发生四百次，其中包括心跳不规则。这意味一个人在一年内有一千万次他的心跳可能停止的机会。我们猜测发生此种情形的次数，远较医学界所知者为多，因为此种病人醒着时没有心脏病的困扰，而且死后验尸也看不出此种症状……

我们常听说到的所谓无疾而终，一睡不起，或是溘然坐化，也许其中一部分就是因为有严重的打鼾习惯。我不确知谁是因鼾而停止呼吸而猝然物化，不过打鼾的朋友们确是常有鼾声正酣之际陡然停止出声的情事。在这种情形中，醒着的人都为他担心，生怕他一时喘不过气来而发生意外。通常他是休止几秒钟便又惊醒过来的。陈抟高卧，动辄百余日不起，不知他最后是否于鼾眠中尸解。

若说鼾声悦耳，怕谁也不信。但也有例外，要看鼾声发自何人。我从前有一位朋友卜居青岛汇泉，推开屋门即见平坦广大的海滩，再望过去就是辽阔无垠的海洋，月明风清之夜，潮汐涨退之声可闻，景物幽绝。遥想当年英国诗人阿诺德在多汶海峡听惊涛拍岸时所引发的感触，此情此景大概仿佛。我的朋友却不以为然，他说夜晚听无穷无尽的波涛撞击的音响，单调得令人心烦，海潮音实在听不入耳。天籁都不能令他动心，还有什么音响能令他欣赏呢？他正言相告："要想听人世间最美妙的音乐，莫过于夜阑人静，微闻妻室儿女从榻上传来的停匀的一波一波的鼾声，那时节我真个领略到'上帝在天，世上一片宁谧安详'的意境。"

好几年前，《读者文摘》有一篇说鼾的小文。于分析描述打鼾的种种之后，篇末画龙点睛地补上一笔："鼾声是不是讨人厌，问寡妇。"

同　学

同学，和同乡不同。只要是同一乡里的人，便有乡谊。同学则一定要有同窗共砚的经验，在一起读书，在一起淘气，在一起挨打，才能建立起一种亲切的交情，尤其是日后回忆起来，别有一番情趣。纵不曰十年窗下，至少三五年的聚首总是有的。从前书房狭小，需要大家挤在一个窗前，窗间也许著一鸡笼，所以书房又名曰鸡窗。至于梆硬死沉的砚台，大家共用一个，自然是经济合理。

自有学校以来，情形不一样了。动辄几十人一班，百多人一级，一批一批地毕业，像是蒸锅铺的馒头，一屉一屉地发售出去。他们是一个学校的毕业生，毕业的时间可能相差几十年。祖父和他的儿孙可能是同一学校毕业，但是不便称为同学。彼此相差个十年八年的，在同一学校里根本没有碰过头的人，只好勉强解嘲自称为先后同学了。

小时候的同学，几十年后还能知其下落的恐怕不多。我小学同班的同学二十余人，现在记得姓名的不过四五人。其中年龄较长身材最高的一位，我永远不能忘记，他脑后半长的头发用红头绳紧密扎起的小辫子，在脑后挺然翘起，像是一根小红萝卜。他善吹喇叭，毕业后投步军统领门当兵，在“堆子”前面站岗，拄着上刺刀的步枪，蛮神气的。有一位满脸疙瘩噜苏，大家送他一个绰号“小炸丸子”，人缘不好，偏爱惹事，有一天犯了众怒，几个人把他抬上讲台，按住了手脚，扯开他的裤带，每个人在他裤裆里吐一口唾液！我目睹这惊人的暴行，难过很久。又有一位好奇心强，见了什么东西都喜欢动手，有一天迟到，见了老师为实验冷缩热胀的原理刚烧过的一只铁球，过去一把抓起，大叫一声，手掌烫出一片的溜浆大泡。功课最好写字最工的一位，规行矩步，主任老师最赏识他，毕业后，于某大书店分行由学徒做到经理。再有一位由办事员做到某部司长。此外则人海茫茫，我就都不知其所终了。

有人成年之后怕看到小时候的同学，因为他可能看见过你一脖子泥、鼻涕过河往袖子上抹的那副脏相，他也许看见过你被罚站、打手板的那副窘相。他知道你最怕人知道你的乳名，不是“大和尚”就是“二秃子”，不是“栓子”就是“大柱子”，他会冷不防地在大庭广众之中猛喊你的乳名，使你脸红。不过我觉得这也没有什么不好，小时候嬉嬉闹闹，天真率直，那一段纯稚的光景已一去而不可复得，如果长大之后还能邂逅一两个总角之交，勾起童时的回忆，不也快慰生平吗？

我进了中学便住校，一住八年。同学之中有不少很要好的，友谊保持数十年不坠，也有因故翻了脸掐过脖子的。大多数只是在我心中留下一个面貌謦欬的影子。我那一级同学有八九十人，经过八年时间的淘汰过滤，毕业时仅得六七十人，而我现在记得姓名的约六十人。其中有早夭的，有因为一时糊涂顺手牵羊而被开除的，也有不知什么缘故忽然辍学的，而这剩下的一批，毕业之后多年来天各一方，大概是“动如参与商”了。我一九四九年来台湾，数同级的同学得十余人，我们还不时地杯酒聊欢，恰满一桌。席间，无所不谈。谈起有一位绰号“烧饼”，因为他的头扁而圆，取其形似。在体育馆中他翻双杠不慎跌落，旁边就有人高呼：“留神芝麻掉了！”烧饼早已不在，不死于抗战之时，而死于胜利之日；不死于敌人之手，而死于同胞之刀，谈起来大家无不唏嘘。又谈起一位绰号“臭豆腐”，只因他上作文课，卷子上涂抹之处太多，东一团西一块的尽是墨猪，老师看了一皱眉头说：“你写的是什么字，漆黑一块块的，像臭豆腐似的！”哄堂大笑（北方的臭豆腐是黑色的，方方的小块），于是“臭豆腐”的绰号不胫而走。如今大家都做了祖父，这样的称呼不雅，同人公议，摘除其中的一个臭字，简称他为豆腐，直到如今。还有一位绰号叫“火车头”，因为他性偏急，出语如连珠炮，气咻咻，唾沫飞溅，做事横冲直撞，勇猛向前，所以赢得这样的一个绰号，抗战期间不幸死于日寇之手。我们在台的十几个同学，轮流做东，宴会了十几次，以后便一个个地凋谢，溃不成军，凑不起一桌了。

同学们一出校门，便各奔前程。因修习的科目不同，活动的范围自异。风云际会，拖青纡紫者有之；踵武陶朱，腰缠万贯者有之；有一技之长，出人头地者有之；而坐拥皋比，以至于吃不饱饿不死者亦有之。在校的时候，品学俱佳，头角峥嵘，以后未必有成就。所谓“小时了了，大未必佳”，确是不刊之论。不过一向为人卑鄙投机取巧之辈，以后无论如何翻云覆雨，也逃不过老同学的法眼。所以有些人回避老同学唯恐不及。

杜工部漂泊西南的时候，叹老嗟贫，咏出“同学少年多不贱，五陵裘马自轻肥”的句子。那个“自”字好不令人惨然！好像是衮衮诸公裘马轻肥，就是不管他“一家都在秋风里”。其实同学少年这一段交谊不攀也罢。“衣敝缊袍，与衣狐貉者立”，纵然不以为耻，可是免不了要看人的嘴脸。

守　时

《史记·卷五十五·留侯世家》，记载圯上老人授书张良的故事，甚为生动：

> “后五日平明，与我会此。”良因怪之，跪曰：“诺。”五日平明，良往。父已先在，怒曰：“与老人期，后，何也？”去，曰：“后五日早会。”五日鸡鸣，良往。父又先在，复怒曰：“后，何也？”去，曰：“后五日复早来。”五日，良夜未半往。有顷，父亦来，喜曰：“当如是。”

老人与良约会三次。第一次平明为期，平明就是天刚亮，语义相当含糊，天亮到什么程度才算是平明，本难确定。“东方未明”是一阶段，“东方未晞”又是一阶段，等到东方天际泛鱼肚色则又是一阶段。良平明往，未落日出之后，就不算是迟到。老人发什么脾气？说什么“与老人期”之倚老卖老的话？第二次约，时间更不明确，只说早一点去。良鸡鸣往，“鸡既鸣矣”就是天明以前的一刹那，事实上已经提早到达，还嫌太晚。第三次良夜未半往，夜未半即是午夜以前，这一次才满老人意。既然如此，为什么不早明说，虽然这是老人有意测验年轻人的耐性，但也不必这样蛮不讲理地折磨人。有人问我，假如遇见这样的一个老人作何感想，我说我愿效禅师的说法：“大喝一声，一棒打杀！”

黄石公的故事是神话。不过守时却是古往今来文明社会共有的一个重要的道德信念。远古的时候问题简单，日出而作，日入而息，根本没有精确的时间观念，而且人与人要约的事恐怕也不太多。《易·系辞》所谓“日中为市，致天下之民，聚天下之货，交易而退，各得其所”，不失为大家在时间上共立的一个标准，晚近的庙会市集，也还各有其约定俗成的时期规格。自从有了漏刻，分昼夜为百刻，一天之内才算有正确时间可资遵循。周有挈壶氏，自唐至清有挈壶正，是专管时间的官员。沙漏较晚，制在元朝。到了近年，也还有放午炮之说。现代的准确计时之器，如钟表之类，则是明季的舶来品，“明万历二十八年，大西洋人利玛窦来献自鸣钟”（《续通考·乐考》），嗣后自鸣钟在国内就大行其道。我小时候在三贝子花园畅观楼内，尚及见清朝洋人所贡各式各样的自鸣钟，金光灿烂，洋洋大观。在民间几乎家家案上正中央都有一架自鸣钟，用一把钥匙上弦，昼夜按时刻叮叮当当地响。外国人家墙上常见的鹧鸪钟，一只小鸟从一个小门跳出来报时，在国内尚比较少见。好像我们老一辈的中国人特别喜爱钟表，除了背心上特缝好几个小衣袋专放怀表之外，比较富裕人家墙上还常有一个硬木螺钿玻璃门的表柜，里面挂着二三十只形形色色的表，金的、银的、景泰蓝的、闷壳的，甚至背面壳里藏有活动秘戏图的，非如此不足以餍其收藏癖。至于如今的手表（实际是腕表）则高官大贾以至贩夫走卒无不备有一只了。

普遍地有了计时的工具，若是大家不知守时，又有何用？普通的衙门机关之类都订有办公时间，假如说是八点开始，到时候去看看，就会知道那是怎么一回事。大抵较低级的人员比较最守时，虽然其中难免有几位忙着在办事桌上吃豆浆油条。首长及高级人员大概就姗姗来迟了，他们还有一套理由，只有到了十点左右办稿拟稿逐层旅行的公文才能到达他们手里，早去了没有用。至于下班的时间，则大家多半知道守时，眼巴巴地望着时钟，谁也不甘落后。

和民众接触最频繁的莫过于银行邮局，可是在门前逡巡好久，进门烧头炷香的顾客不见得立刻就能受理，往往还要伫候一阵子，因为柜台后面的先生小姐可能很忙，忙着打开保险柜，忙着搬运文件，忙着清理卡片，忙着数钞票，忙着调整戳印，甚至于忙着泡茶，在在都需要时间。顾客们要少安毋躁。

朋友宴客，有一两位照例迟到，一碟瓜子大家都快嗑完了，主人急得团团转，而那一两位客偏不来。按说“后至者诛”才是正理，但是后至者往往正是主客或是贵宾，所以必须虚上席以待。旧日戏园演戏，只有两盏汽油灯为照明之具，等到名角出台亮相，则几十盏电灯一齐照耀，声势非凡。有迟到之癖的客人大概是以名角自居，迟到之后不觉得歉然，反倒有得色。而迟到的人可能还要早退，表示另有一处要应酬，也许只是虚晃一招，实际是回家吃碗蛋炒饭。

要守时，但不一定要分秒不差，那就是苛求了。但也不能距约定时间太远，甲欲访乙，先打电话过去商洽，这是很有礼貌的行为，乙问什么时候驾临，甲说马上就去。问题就出在这“马上”二字，乙忘了盯问是什么马，是“竹披双耳峻，风入四蹄轻”的胡马，还是“皮干剥落，毛暗萧条”的瘦马，是练习纵跃用的木马，还是渡过了康王的泥马。和人邀约，害得对方久等，揆诸时间即生命之说，岂是轻轻一声抱歉所能赎其罪愆？

守时不是容易事，要精神总动员。要不要先整其衣冠，要不要携带什么，要不要预计途中有多少红灯，都要通过大脑盘算一下。迟到固然不好，早到亦非万全之策，早到给自己找烦恼，有时候也给别人以不必要的窘。黄石公那段故事是例外，不足为训。记得莎士比亚有一句戏词：“赴情人约，永远是早到。”情人一心一意地在对方身上，不肯有分秒的延误，同时又怕对方忍受枯守之苦，所以“月上柳梢头，人约黄昏后”，老早地就去等着，“月移花影动，疑是玉人来”了。

我们能不能推爱及于一切邀约，大家都守时？

快 乐

天下最快乐的事大概莫过于做皇帝。“首出庶物，万国咸宁。”至不济可以生杀予夺，为所欲为。至于后宫粉黛三千，御膳八珍罗列，更是不在话下。清乾隆皇帝，“称八旬之觞，镌十全之宝”，三下江南，附庸风雅。那副志得意满的神情，真是不能不令人兴起“大丈夫当如是也”的感喟。

在穷措大眼里，九五之尊，乐不可支。但是试起古今中外的皇帝于地下，问他们一生中是否全是快乐，答案恐怕相当复杂。西班牙国王拉曼三世（Abder Rahman Ⅲ，960）说过这么一段话：

我于胜利与和平之中统治全国约五十年，为臣民所爱戴，为敌人所畏惧，为盟友所尊敬。财富与荣誉，权力与享受，呼之即来，人世间的福祉，从不缺乏。在这情形之中，我曾勤加计算，我一生中纯粹的真正幸福日子，总共仅有十四天。

御宇五十年，仅得十四天真正幸福日子。我相信他的话，宸谟睿略，日理万机，很可能不如闲云野鹤之怡然自得。于此我又想起从一本英语教科书上读到的一篇寓言。题目是《一个快乐人的衬衫》。某国王，端居大内，抑郁寡欢，虽极耳目声色之娱，而王终不乐。左右纷纷献计，有一位大臣言道：如果在国内找到一位快乐的人，把他的衬衫脱下来，给国王穿上，国王就会快乐。王韪其言，于是使者四处寻找快乐的人，访遍了朝廷显要，朱门豪家，人人都有心事，家家都有一本难念的经，都不快乐。最后找到一位农夫，他耕罢在树下乘凉，裸着上身，大汗淋漓。使者问他："你快乐吗？"农夫说："我自食其力，无忧无虑！快乐极了！"使者大喜，便索取他的衬衣。农夫说："哎呀！我没有衬衣。"这位农夫颇似我们的禅门之"一丝不挂"。

常言道，"境由心生"，又说"心本无生因境有"。总之，快乐是一种心理状态。内心湛然，则无往而不乐。吃饭睡觉，稀松平常之事，但是其中大有道理。大珠《顿悟入道要门论》：

> 有源律师来问："和尚修道，还用功否？"师曰："用功。"曰："如何用功？"师曰："饥来吃饭，困来即眠。"曰："一切人总如是，同师用功否？"师曰："不同。"曰："何故不同？"师曰："他吃饭时不肯吃饭，百种须索，睡时不肯睡，千般计较。所以不同也。"律师杜口。

可是修行到心无挂碍，却不是容易事。我认识一位唯心论的学者，平夙昌言意志自由，忽然被人绑架，系于暗室十有余日，备受凌辱，释出后他对我说："意志自由固然不诬，但是如今我才知道身体自由更为重要。"常听人说烦恼即菩提，我们凡人遇到烦恼只是深感烦恼，不见菩提。

快乐是在心里，不假外求，求即往往不得，转为烦恼。叔本华的哲学是：苦痛乃积极的实在的东西，幸福快乐乃消极的根本不存在的东西。所谓快乐幸福乃是解除苦痛之谓。没有苦痛便是幸福。再进一步看，没有苦痛在先，便没有幸福在后。梁任公先生曾说："人生最快乐的事，莫过于看着一件工作的完成。"在工作过程之中，有苦恼也有快乐，等到大功告成，那一份"如愿以偿"的快乐便是至高无上的幸福了。

有时候，只要把心胸敞开，快乐也会逼人而来。这个世界，这个人生，有其丑恶的一面，也有其光明的一面。良辰美景，赏心乐事，随处皆是。智者乐水，仁者乐山。雨有雨的趣，晴有晴的妙，小鸟跳跃啄食，猫狗饱食酣睡，哪一样不令人看了觉得快乐？就是在路上，在商店里，在机关里，偶尔遇到一张笑容可掬的脸，能不令人快乐半天？有一回我住进医院里，僵卧了十几天，病愈出院，刚迈出大门，陡见日丽中天，阳光普照，照得我睁不开眼，又见市廛熙攘，光怪陆离，我不由得从心里欢叫起来："好一个艳丽盛装的世界！"

"幸遇三杯酒美，况逢一朵花新？"我们应该快乐。

北平的冬天

说起冬天，不寒而栗。

我是在北平长大的。北平冬天好冷。过中秋不久，家里就忙着过冬的准备，作“冬防”。阴历十月初一屋里就要生火，煤球、硬煤、柴火都要早早打点。摇煤球是一件大事，一串骆驼驮着一袋袋的煤末子到家门口，煤黑子把煤末子背进门，倒在东院里，堆成好高的一大堆。然后等着大晴天，三五个煤黑子带着筛子、耙子、铲子、两爪钩子就来了，头上包块布，腰间褡布上插一根短粗的旱烟袋。煤黑子摇煤球的那一套手艺真不含糊。煤末子摊在地上，中间做个坑，好倒水，再加预先备好的黄土，两个大汉就搅拌起来。搅拌好了就把烂泥一般的煤末子平铺在空地上，做成一大块蛋糕似的，再用铲子拍得平平的，光溜溜的，约一丈见方。这时节煤黑子已经满身大汗，脸上一条条黑汗水淌了下来，该坐下休息抽烟了。休息毕，煤末子稍稍干凝，便用铲子在上面横切竖切，切成小方块，像厨师切菜切萝卜一般手法伶俐。然后坐下来，地上倒扣一个小花盆，把筛子放在花盆上，另一人把切成方块的煤末子铲进筛子，便开始摇了，就像摇元宵一样，慢慢地把方块摇成煤球。然后摊在地上晒。一筛一筛地摇，一筛一筛地晒。好辛苦的工作，孩子在一边看，觉得好有趣。

万一天色变，雨欲来，煤黑子还得赶来收拾，归拢归拢，盖上点什么，否则煤被雨水冲走，前功尽弃了。这一切他都乐为之，多开发一点酒钱便可。等到完全晒干，他还要再来收煤，才算完满，明年再见。

煤黑子实在很苦，好像大家并不寄予多少同情。从日出做到日落，疲乏的回家途中，遇见几个顽皮的野孩子，还不免听到孩子们唱着歌谣嘲笑他：

> 煤黑子，
> 打算盘，
> 你妈洗脚我看见！

我那时候年纪小，好久好久都没有能明白为什么洗脚不可以令人看见。

煤球儿是为厨房大灶和各处小白炉子用的，就是再穷苦不过的人家也不能不预先储备。有“洋炉子”的人家当然要储备的还有大块的红煤白煤，那也是要砸碎了才能用，也需一番劳力的。南方来的朋友们看到北平家家户户忙“冬防”，觉得奇怪，他不知道北平冬天的厉害。

一夜北风寒，大雪纷纷落，那景致有得瞧的。但是有几个人能有谢道韫女士那样从容吟雪的福分。所有的人都被那砭人肌肤的朔风吹得缩头缩脑，各自忙着做各自的事。我小时候上学，背的书包倒不太重，只是要带墨盒很伤脑筋，必须平平稳稳地拿着，否则墨汁要洒漏出来，不堪设想。有几天还要带写英文字的蓝墨水瓶，更加恼人了。如果伸手提携墨盒墨水瓶，手会冻僵。手套没有用。我大姊给我用绒绳织了两个网子，一装墨盒，一装墨水瓶，同时给我做了一副棉手筒，两手伸进筒内，提着从一个小孔塞进的网绳，于是两手不暴露在外而可提携墨盒墨水瓶了。饶是如此，手指关节还是冻得红肿，作奇痒。脚后跟生冻疮更是稀松平常的事。临睡时母亲为我们备热水烫脚，然后钻进被窝，这才觉得一日之中尚有温暖存在。

北平的冬景不好看吗？那倒也不。大清早，榆树顶的干枝上经常落着几只乌鸦，呱呱地叫个不停，好一幅古木寒鸦图！但是远不及西安城里的乌鸦多。北平喜鹊好像不少，在屋檐房脊上吱吱喳喳地叫，翘着的尾巴倒是很好看的，有人说它是来报喜，我不知喜自何来。麻雀很多，可是竖起羽毛像披蓑衣一般，在地面上蹦蹦跳跳地觅食，一副可怜相。不知什么人放鸽子，一队鸽子划空而过，盘旋又盘旋，白羽衬青天，哨子呼呼响。又不知是哪一家放风筝，沙雁蝴蝶龙睛鱼，弦弓上还带着锣鼓。隆冬之中也还点缀着一些情趣。

过新年是冬天生活的高潮。家家贴春联，放鞭炮，煮饺子，接财神。其实是孩子们狂欢的季节，换新衣裳、磕头、逛厂甸儿，流着鼻涕举着琉璃喇叭大沙雁儿。五六尺长的大糖葫芦糖稀上沾着一层尘沙。北平的尘沙来头大，是从蒙古戈壁大沙漠刮来的，来时真是胡尘涨宇，八表同昏。脖领里、鼻孔里、牙缝里，无往不是沙尘，这才是真正的北平冬天的标志。愚夫愚妇们忙着逛财神庙，白云观去会神仙，甚至赶妙峰山进头炷香，事实上无非是在泥泞沙尘中打滚而已。

在北平，裘马轻狂的人固然不少，但是极大多数的人到了冬天都是穿着粗笨臃肿的大棉袍、棉裤、棉袄、棉袍、棉背心、棉套裤、棉风帽、棉毛窝、棉手套。穿丝绵的是例外。至若拉洋车的、挑水的、淘粪的、换洋取灯儿的、换肥子儿的、抓空儿的、打鼓儿的……哪一个不是衣裳单薄，在寒风里打战？在北平的冬天，一眼望出去，几乎到处是萧瑟贫寒的景象，无须走向粥厂门前才能体会到什么叫作饥寒交迫的境况。北平是大地方，从前是辇毂所在，后来也是首善之区，但也是“朱门酒肉臭，路有冻死骨”的地方。

北平冷，其实有比北平更冷的地方。我在沈阳度过两个冬天。房屋双层玻璃窗，外层凝聚着冰雪，内层若是打开一个小孔，冷气就逼人而来。马路上一层冰一层雪，又一层冰一层雪，我有一次去赴宴，在路上连跌了两跤，大家认为那是寻常事。可是也不容易跌断腿，衣服穿得多。一位老友来看我，觌面不相识，因为他的眉毛须发全都结了霜！街上看不到一个女人走路。路灯电线上踞着一排鸦雀之类的鸟，一声不响，缩着脖子发呆，冷得连叫的力气都没有。更北的地方如黑龙江，一定冷得更有可观。北平比较起来不算顶冷了。

冬天实在是很可怕。诗人说：“如果冬天来到，春天还会远吗?”但愿如此。

教育你的父母

“养不教，父之过。”现在时代不同了。父母年纪大了，子女也负有教育父母的义务。话说起来好像有一点刺耳，而事实往往确是这样。

“吃到老，学到老。”前半句人人皆优为之，后半句却不易做到。人到七老八十，面如冻梨，痴呆黄耇，步履维艰，还教他学什么？只合含饴弄孙（如果他被准许做这样的事），或只坐在公园木椅上晒太阳。这时候做子女的就要因材施教，教他的父母不可自暴自弃，应该“当一天和尚撞一天钟”，“人生七十才开始”。西谚有云：“没有狗老得不能学新把戏。”岂可人不如狗？并且可以很容易地举出许多榜样，例如：

一、摩西老祖母一百岁时还在画。

二、罗素九十四岁时还在奔走世界和平。

三、萧伯纳九十二岁还在编戏。

四、史怀泽八十九岁还在非洲行医。

五、歌德写完他的《浮士德》时是八十三岁。

旁敲侧击，教他见贤思齐，争上游，不可以自甘老朽，饱食终日。游手好闲，耗吃等死，就是没出息。年轻人没出息，犹有指望，指望他有朝一日悛悔自新。上了年纪的人没出息，还有什么指望？二辈子！

孩子已经长大成人，甚至已经生男育女，在父母眼中他还是孩子。所以老莱子彩衣娱亲，仆地作儿啼，算是孝行。那时候他已经行年七十，他的父母该是九十以上的人了。这种孝行如今不可能发生。如今的孩子，翅膀一硬，就要远走高飞，此后男婚女嫁，小两口子自成一个独立的单位，五世同堂乃成为一种幻想，或竟是梦魇。现代子女应该早早提醒父母，老境如何打发，宜早为之计，告诉他们如何储蓄以为养老之资，如何锻炼身体以免百病丛生。最重要的是要他们心理有所准备，需要自求多福。颐养天年，与儿女无涉。俗语说：“一个人可以养活十个儿子，十个儿子养不活一个爸爸。”那就是因为儿子本身也要养活儿子，自顾不暇，既要承上，又要启下，忙不过来。十个儿子互相推诿，爸爸就没人管了。

代沟之说，有相当的道理。不过这条沟如何沟通，只好潜移默化，子女对父母未便耳提面命。上一代的人有许多怪习惯，例如：父母对于用钱的方式，就常不为子女所了解。年轻人心里常嘀咕，你要那么多钱干什么？一个钱也带不了棺材里去！一个钱看得像斗大，一串串地穿在肋骨上，就是舍不得摘下来。眼瞧着钱财越积越多，而生活水准不见提高。嘀咕没有用，要事实上逐步提示新的生活模式。看他的一把座椅缺了一只脚，垫着一块砖，勉强凑合，你便不妨给他买一张转椅躺椅之类，看他肯不肯坐。看他的衣服捉襟见肘，污渍斑斑，你便不妨给他买一件松松大大的夹克，看他肯不肯穿。这当然不免要破费几文，然而这是个案研究的教学法，教具是免不了的。终极目的是要父母懂得如何过现代的生活，要让他知道消费未必就是浪费。

勤俭起家的人无不爱惜物资。一颗饭粒都不可剩在碗里，更不可以落在地上。一张纸，一根绳，都不能委弃。以致家家都有一屋子的破铜烂铁。陶侃竹头木屑的故事一直传为美谈，须知陶侃至少有储存那些竹头木屑的地方。如今三房两厅的逼仄的局面，如何容得下那一大堆的东西？所以做子女的在家里要不时地负起清除家里陈年垃圾的责任。要教导父母，莫要心疼，旧的不去，新的不来。

我们一般中国人没有立遗嘱的习惯，尽管死后子女打得头破血出，或是把一张楠木桌锯成两半以便平分，或是缠讼经年丢人现眼，就是不肯早一点安排清楚。其原因在于讳言死。人活着的时候称死为“不讳”或“不可讳”，那意思就是说能讳时则讳，直到翘了辫子才不再讳。逼父母立遗嘱，这当然使不得。劝父母立遗嘱，也很难启齿。究竟如何使父母早立遗嘱，就要相机行事，乘父母心情开朗的时候，婉转进言，善为说词，以不伤感情为主。等到父母病革，快到易箦的时候才请他口授遗言，似乎是太晚了一些。

教育的方法多端，言教不如身教。父母设非低能，大抵也会知道模仿。在公共场所，如果年轻人都知道不可喧哗，他们的父母大概也会不大声说话。如果年轻人都知道鱼贯排队，他们的父母也会不再攘臂抢先。如果年轻人不牵着狗在人行道上遗矢，他们的父母也许不好意思到处吐痰。种种无言之教，影响很大，父母教育儿女，儿女也教育父母，有些事情是需要解释的，例如：中年发福不是好现象，要防止血压高，要注意胆固醇等等。

有些父母在行为上犯有错误，甚至恶性重大不堪造就，为人子者也负有教育的责任。子曰：“事父母，几谏；见志不从，又敬而不违，劳而不怨。”这就是说，父母有错，要委婉劝告，不可不管；他不听，也不可放弃不管，更不可怨恨。当然，更不可以体罚。看父母那副孱弱的样子，不足以当尊拳。

集 外

我所写的文字，牵涉到不少我们熟识的人，都是真人真事，虽多调侃，并非虚拟。

骂人的艺术

古今中外没有一个不骂人的人。骂人就是有道德观念的意思，因为在骂人的时候，至少在骂人者自己总觉得那人有该骂的地方。何者该骂，何者不该骂，这个抉择的标准，是极道德的。所以根本不骂人，大可不必。骂人是一种发泄感情的方法，尤其是那一种怨怒的感情。想骂人的时候而不骂，时常在身体上弄出毛病，所以想骂人时，骂骂何妨?

但是，骂人是一种高深的学问，不是人人都可以随便试的。有因为骂人挨嘴巴的，有因为骂人吃官司的，有因为骂人反被人骂的，这都是不会骂人的缘故。今以研究所得，公诸同好，或可为骂人时之一助乎?

（一）知己知彼

骂人是和动手打架一样的，你如其敢打人一拳，你先要自己忖度下，你吃得起别人的一拳否。这叫作知己知彼。骂人也是一样。譬如你骂他是“屈死”，你先要反省，自己和“屈死”有无分别。你骂别人荒唐，你自己想想曾否吃喝嫖赌。否则别人回敬你一两句，你就受不了。所以别人有着某种短处，而足下也正有同病，那么你在骂他的时候，只得割爱。

（二）无骂不如己者

要骂人须要挑比你大一点的人物，比你漂亮一点的或者比你坏得万倍而比你得势的人物。总之，你要骂人，那人无论在好的一方面或坏的一方面都要能胜过你，你才不吃亏。你骂大人物，就怕他不理你，他一回骂，你就算骂着了。因为身份相同的人才肯对骂。在坏的一方面胜过你的，你骂他就如教训一般，他即便回骂，一般人仍然不会理会他的。假如你骂一个无关痛痒的人，你越骂他他越得意，时常可以把一个无名小卒骂出名，你看冤与不冤？

（三）适可而止

骂大人物骂到他回骂的时候，便不可再骂；再骂则一般人对你必无同情，以为你是无理取闹。骂小人物骂到他不能回骂的时候，便不可再骂；再骂下去则一般人对你也必无同情，以为你是欺负弱者。

（四）旁敲侧击

他偷东西，你骂他是贼；他抢东西，你骂他是盗，这是笨伯。骂人必须先明虚实掩映之法，须要烘托旁衬，旁敲侧击，于要紧处只一语便得，所谓杀人于咽喉处着刀。越要骂他你越要原谅他，即便说些恭维话亦不为过，这样的骂法才能显得你所骂的句句是真实确凿，让旁人看起来也可见得你的度量。

（五）态度镇静

骂人最忌浮躁。一语不合，面红筋跳，暴躁如雷，此灌夫骂座，泼妇骂街之术，不足以骂人。善骂者必须态度镇静，行若无事。普通一般骂人，谁的声音高便算谁占理，谁来得势猛便算谁骂赢，唯真善骂人者，乃能避其锋而击其懈。你等他骂得疲倦的时候，你只消轻轻地回敬他一句，让他再狂吼一阵。在他暴躁不堪的时候，你不妨对他冷笑几声，包管你不费力气，把他气得死去活来，骂得他针针见血。

（六）出言典雅

骂人要骂得微妙含蓄，你骂他一句要使他不甚觉得是骂，等到想过一遍才慢慢觉悟这句话不是好话，让他笑着的面孔由白而红，由红而紫，由紫而灰，这才是骂人的上乘。欲达到此种目的，深刻之用意固不可少，而典雅之言辞尤为重要。言辞典雅则可使听者不致刺耳。如要骂人骂得典雅，则首先要在骂时万万别提起女人身上的某一部分，万万不要涉及生理学范围。骂人一骂到生理学范围以内，底下再有什么话都不好说了。譬如你骂某甲，千万别提起他的令堂令妹。因为那样一来，便无是非可言，并且你自己也不免有令堂令妹，他若回敬起来，岂非势均力敌，半斤八两？再者骂人的时候最好不要加入以种种难堪的名词，称呼起来总要客气，即使他是极卑鄙的小人，你也不妨称他先生，越客气，越骂得有力量。骂的时节最好引用他自己的词句，这不但可以使他难堪，还可以减轻他对你的骂的力量。俗话少用，因为俗话一览无遗，不若典雅古文曲折含蓄。

（七）以退为进

两人对骂，而自己亦有理屈之处，则处于开骂伊始，特宜注意，最好是毅然将自己理屈之处完全承认下来，即使道歉认错均不妨事。先把自己理屈之处轻轻遮掩过去，然后你再重整旗鼓，着着逼人，方可无后顾之忧。即使自己没有理屈的地方，也绝不可自行夸张，务必要谦逊不遑，把自己的位置降到一个不可再降的位置，然后骂起人来，自有一种公正光明的态度。否则你骂他一两句，他便以你个人的事反唇相讥，一场对骂，会变成两人私下口角，是非曲直，无从判断。所以骂人者自己要低声下气，此所谓以退为进。

（八）预设埋伏

你把这句话骂过去，你便要想想看，他将用什么话骂回来。有眼光的骂人者，便处处留神，或是先将他要骂你的话替他说出来，或是预先安设埋伏，令他骂回来的话失去效力。他骂你的话，你替他说出来，这便等于缴了他的械一般。预设埋伏，便是在他要攻击你的地方，你先轻轻地安下话根，然后他骂过来就等于枪弹打在沙包上，不能中伤。

（九）小题大做

如对手方有该骂之处，而题目身小，不值一骂，或你所知不多，不足一骂，那时节你便可用小题大做的方法，来扩大目标。先用诚恳而怀疑的态度引申对方的意思，由不紧要之点引到大题目上去，处处用严谨的逻辑逼他说出不合逻辑的话来，或是逼他说出合于逻辑但不合乎理的话来，然后你再大举骂他，骂到体无完肤为止，而原来惹动你的小题目，轻轻一提便了。

（十）远交近攻

一个时候，只能骂一个人，或一种人，或一派人。绝不宜多树敌。所以骂人的时候，万勿连累旁人，即使必须牵涉多人，你也要表示好意，否则回骂之声纷至沓来，使你无从应付。

骂人的艺术，一时所能想起来的有上面十条，信手拈来，并无条理。我作此文的用意，是助人骂人。同时也是想把骂人的技术揭破一点，供爱骂人者参考。挨骂的人看看，骂人的心理原来是这样的，也算是揭破一张黑幕给你瞧瞧！

谈话的艺术

一个人在谈话中可以采取三种不同的方式，一是独白，一是静听，一是互话。

谈话不是演说，更不是训话，所以一个人不可以霸占所有的时间，不可以长篇大论地絮聒不休，旁若无人。有些人大概是口部筋肉特别发达，一开口便不能自休，绝不容许别人插嘴，话如连珠，音容并茂。他讲一件事能从盘古开天地讲起，慢慢地进入本题，亦能枝节横生，终于忘记本题是什么。这样霸道的谈话者，如果他言谈之中确有内容，所谓“吐佳言如锯木屑，霏霏不绝”，亦不难觅取听众。在英国文人中，约翰逊博士是一个著名的例子。在咖啡店里，他一开口，老鼠都不敢叫。那个结结巴巴的高尔斯密一插嘴便触霉头。Sir Oracle[1]在说话，谁敢出声？约翰逊之所以被称为当时文艺界的独裁者，良有以也。学问、风趣不及约翰逊者，必定是比较地语言无味，如果喋喋不已，如何令人耐得！

有人也许以为嘴只管吃饭而不作别用，对人乃钳口结舌，一言不发。这样的人也是谈话中所不可或缺的，因为谈话，和演戏一样，是需要听众的，这样的人正是理想的听众。欧洲中古时代的一个严肃的教派Carthusian Monks[2]以不说话为苦修精进的法门之一，整年地不说一句话，实在不易。那究竟是方外人，另当别论，我们平常人中却也有人真能寡言。他效法金人之三缄其口，他的背上应有铭曰："今之慎言人也"。你对他讲话，他洗耳恭听，你问他一句话，他能用最经济的词句把你打发掉。如果你恰好也是"毋多言，多言多败"的信仰者，相对不交一言，那便只好共听壁上挂钟之嘀嗒嘀嗒了。钟会之与嵇康，则由打铁的叮当声来破除两人间之岑寂。这样的人现代也有，相对无言，莫逆于心，吧嗒吧嗒地抽完一包香烟，兴尽而散。无论如何，老于世故的人总是劝人多听少说，以耳代口，凡是不大开口的人总是令人莫测高深；口边若无遮拦，则容易令人一眼望到底。

---

① 神谕。——编者注

② 卡尔特会僧侣。——编者注

谈话，和作文一样，有主题，有腹稿，有层次，有头尾，不可语无伦次。写文章肯用心的人就不太多，谈话而知道剪裁的就更少了。写文章讲究开门见山，起笔最要紧，要来得挺拔而突兀，或是非常爽朗，总之要引人入胜，不同凡响。谈话亦然。开口便谈天气好坏，当然亦不失为一种寒暄之道，究竟缺乏风趣。常见有客来访，宾主落座，客人徐徐开言："您没有出门啊？"主人除了重申"我没有出门"这一事实之外，没有法子再作其他的答话。谈公事，讲生意，只求其明白清楚，没有什么可说的。一般的谈话往往是属于"无题""偶成"之类，没有固定的题材，信手拈来，自有情致。情人们喁喁私语，总是有说不完的话题，谈到无可再谈，则"此时无声胜有声"了。老朋友们剪烛西窗，班荆道故，上下古今无不可谈，其间并无定则，只要对方不打哈欠。禅师们在谈吐间好逞机锋，不落迹象，那又是一种境界，不是我们凡夫俗子所能企望得到的。善谈和健谈不同，健谈者能使四座生春，但多少有点霸道，善谈者尽管舌灿莲花，但总还要给别人留些说话的机会。

话的内容总不能不牵涉到人，而所谓人，则不是别人便是自己。谈论别人则东家长西家短全成了上好的资料，专门隐恶扬善则内容枯燥听来乏味，揭人阴私则又有伤口德，这其间颇费斟酌。英文gossip一字原义是"教父母"，尤指教母，引申而为任何中年以上之妇女，再引申而为闲谈，再引申而为飞短流长，而为长舌妇，可见这种毛病由来有自，“造谣学校”之缘起亦在于是，而且是中外皆然。不过现在时代进步，这种现象已与年纪无关。谈话而专谈自己当然不会伤人，并且缺德之事经自己宣扬之后往往变成为值得夸耀之事。不过这又显得“我执”太深，而且最关心自己的事的人，往往只是自己。英文的“我”字，是大写字母的“I”，有人已嫌其夸张，如果谈起话来每句话都用“我”字开头，不更显得自我本位了吗？

在技巧上，谈话也有些个禁忌。“话到口边留半句”，只是劝人慎言，却有人认真施行，真个只说半句，其余半句要由你去揣摩，好像文法习题中的造句，半句话要由你去填充。有时候是光说前半句，要你猜后半句；有时候是光说后半句，要你想前半句。一段谈话中若是破碎的句子太多，在听的方面不加整理是难以理解的。费时费事，莫此为甚。我看在谈话时最好还是注意文法，多用完整的句子为宜。另一极端是，唯恐听者印象不深，每一句话重复一遍，这办法对于听者的忍耐力实在要求过奢。谈话的腔调与嗓音因人而异，有的如破锣，有的如公鸡，有的行腔使气有板有眼，有的回肠荡气如怨如诉，有的于每一句尾加上一串咯咯的笑，有的于说完一段话之后像鲸鱼一般喷一口大气，这一切都无关宏旨，要紧的是说话的声音之大小需要一点控制。一开口便血脉偾张，声震屋瓦，不久便要力竭声嘶，气急败坏，似可不必。另有一些人的谈话别有公式，把每句中的名词与动词一律用低音，甚至变成耳语，令听者颇为吃力。有些人唾腺特别发达，三言两语之后嘴角上便积有两摊如奶油状的泡沫，于发出重唇音的时候便不免星沫四溅，真像是痰唾珠玑。人与人相处，本来易生摩擦，谈话时也要保持距离，以策安全。

论散文

“散文”的对待的名词，严格地讲，应该是“韵文”，而不是“诗”。“诗”时常可以用各种的媒介物表现出来，各种艺术里都可以含着诗，所以有人说过，“图画就是无音的诗”，“建筑就是冻凝的诗”。在图画建筑里面都有诗的位置，在同样以文字为媒介的散文里更不消说了。柏拉图的对话，是散文，但是有的地方也就是诗；陶渊明的《桃花源记》是散文，但是整篇的也就是一首诗。同时号称为诗的，也许里面的材料仍是散文。所以诗和散文在形式上划不出一个分明的界线，倒是散文和韵文可以成为两个适当的区别。这个区别的所在，便是形式上的不同：散文没有准定的节奏，而韵文有规则的音律。

散文对于我们人生的关系，较比韵文为更密切。至少我们要承认，我们天天所说的话都是散文。不过会说话的人不能就成为一个散文家。散文也有散文的艺术。

一切的散文都是一种翻译。把我们的脑子里的思想、情绪、想象译成语言文字。古人说，言为心声，其实文也是心声。头脑笨的人，说出话来是蠢，写成散文也是拙劣；富于感情的人，说话固然沉挚，写成散文必定情致缠绵；思路清晰的人，说话自然有条不紊，写成散文更能澄清彻底。由此可以类推。散文是没有一定的格式的，是最自由的，同时也是最不容易处置，因为一个人的人格思想，在散文里绝无隐饰的可能，提起笔来便把作者的整个的性格纤毫毕现地表示出来。在韵文里，格式是有一定的，韵法也是有准则的，无论你有没有什么高深的诗意，只消按照规律填凑起来，平平仄仄一东二冬地敷衍上去，看的时候行列整齐，读的时候声调铿锵，至少在外表上比较容易遮丑。散文便不然，有一个人便有一种散文。喀赖尔（Carlyle）翻译莱辛的作品的时候说："每人有他自己的文调，就如同他自己的鼻子一般。"伯风（Buffon）说："文调就是那个人。"

文调的美纯粹是作者的性格的流露，所以有一种不可形容的妙处：或如奔涛澎湃，能令人惊心动魄；或是委婉流利，有飘逸之致；或是简练雅洁，如斩钉截铁……总之，散文的妙处真可说是气象万千，变化无穷。我们读者只有赞叹的份儿，竟说不出其奥妙之所以然。批评家哈立孙（Fredrick Harrison）说：“试读服尔德、狄孚、绥夫特、高尔斯密，你便可以明白，文字可以做到这样奥妙绝伦的地步，而你并不一定能找出动人的妙处究竟是哪一种特质。你若是要检出这一个词句好，那一个词句妙，这个或那个字的音乐好听，使你觉得是雄辩的、抒情的、图画的，那么美妙便立刻就消失了。……”譬如说《左传》的文字好，好在哪里？司马迁的文笔妙，妙在哪里？这真是很难解说的。

凡是艺术都是人为的。散文的文调虽是作者内心的流露，其美妙虽是不可捉摸，而散文的艺术仍是作家所不可少的。散文的艺术便是作者的自觉的选择。弗老贝尔（F1aubert）[1]是散文的大家，他选择字句的时候是何等的用心！他认定只有一个名词能够代表他心中的一件事物，只有一个形容词能够描写他心中的一种特色，只有一个动词能表示他心中的一个动作。在万千的词字之中他要去寻求那一个——只有那一个——合适的字，绝无一字的敷衍将就。他的一篇文字是经过这样的苦痛的步骤写成的，所以才能有纯洁无疵的功效。平常人的语言文字只求其能达，艺术的散文要求其能真实——对于作者心中的意念真实。弗老贝尔特别致力于字句的推敲，也不过是要把自己的意念确切地表示出来罢了。至于字的声音，句的长短，实在都是艺术上所不可忽略的问

① 福楼拜（1821—1880），法国作家。——编者注

题。譬如仄声的字容易表示悲苦的情绪，响亮的声音容易显出欢乐的神情，长的句子表示温和弛缓，短的句子代表强硬急迫的态度，在修辞学的范围以内，有许多的地方都是散文的艺术家所应当注意的。

散文的美妙多端，然而最高的理想也不过是“简单”二字而已。简单就是经过选择删芟以后的完美的状态。普通一般的散文，在艺术上的毛病，大概全是与这个简单的理想相反的现象。散文的毛病最常犯的无过于下面几种：（一）太多枝节，（二）太繁冗，（三）太生硬，（四）太粗陋。枝节多了，文章的线索便不清楚，读者要很用力地追寻文章的旨趣，结果是得不到一个单纯的印象。太繁冗，则读者易于生厌，并且在琐碎处致力太过，主要的意思反倒不能直诉于读者。太生硬，则无趣味，不能引人入胜。太粗陋，则令人易生反感，令人不愿卒读，并且也失掉纯洁的精神。散文的艺术中之最根本的原则，就是“割爱”。一句有趣的俏皮话，若与题旨无关，只得割爱；一段题外的枝节，与全文不生密切关系，也只得割爱；一个美丽的典故，一个漂亮的字眼，凡是与原意不甚洽合者，都要割爱。散文的美，不在乎你能写出多少旁征博引的故事穿插，亦不在多少典丽的词句，而在能把心中的情思干干净净直截了当地表现出来。散文的美，美在适当。不肯割爱的人，在文章的大体上是要失败的。

散文的文调应该是活泼的，而不是堆砌的——应该是像一泓流水那样地活泼流动。要免除堆砌的毛病，相当的自然是必须要保持的。用字用典要求其美，但是要忌其僻。文字要装潢，而这种装潢要成为有生机的整体之一部，不要成为从外面粘上去的附属品。散文若能保持相当的自然，同时也必能显示作者个人的心情。散文要写得亲切，即是要写得自然。希腊的批评家戴奥尼索斯批评柏拉图的文调说：

> 当他用浅显简单的词句的时候，他的文调是很令人欢喜的。因为他的文调可以处处看出是光明透亮，好像是最晶莹的泉水一般，并且特别地确切深妙。他只用平常的字，务求明白，不喜欢勉强粉饰的装点。他的古典的文字带着一种古老的斑斓，古香古色充满字里行间，显着一种欢畅的神情，美而有力；好像一阵和风从芬芳的草茵上吹拂过来一般……

简单的散文可以美得到这个地步。戴奥尼索斯称赞柏拉图的话，其实就是他的散文学说，他是标榜“雅典主义”反对“亚细亚主义”的。雅典主义的散文，就是简单的散文。

散文绝不仅是历史哲学及一般学识上的工具。在英国文学里，“感情的散文”（impassionel prose）虽然是很晚产生的一个型类，而在希腊时代我们该记得那个“高超的郎占诺斯”[①]（The Sublime Longinus）。这一位古远的批评家说过，散文的功效不仅是诉于理性，对于读者也是要以情移。感情的渗入，与文调的雅洁，据他说，便是文学的高超性的来由。不过感情的渗入，一方面固然可以救散文生硬冷酷之弊，在另一方面也足以启出恣肆粗陋的缺点。怎样才能得到文学的高超性，这完全要看在文调上有没有艺术的纪律。先有高超的思想，然后再配上高超的文调，才是完美。有上帝开天辟地的创造，又有《圣经》那样庄严简练的文字，所以我们才有空前绝后的圣经文学。高超的文调，一方面是挟着感情的魔力，另一方面是要避免种种的卑陋的语气和粗俗的词句。近来写散文的人，不知是过分地要求自然，抑是过分地忽略艺术，常常地沦于粗陋之一途，无论写的是什么样的题目，类皆出之以嬉笑怒骂，引车卖浆者流的语气和村妇骂街的口吻，都成为散文的正则。像这样恣肆的文字，里面有的是感情，但是文调，没有！

---

① 今译为朗吉弩斯。——编者注

时间即生命

最令人怵目惊心的一件事，是看着钟表上的秒针一下一下地移动，每移动一下就是表示我们的寿命已经缩短了一部分。再看看墙上挂着的可以一张张撕下的日历，每天撕下一张就是表示我们的寿命又缩短了一天。因为时间即生命。没有人不爱惜他的生命，但很少人珍视他的时间。如果想在有生之年做一点什么事，学一点什么学问，充实自己，帮助别人，使生命成为有意义，不虚此生，那么就不可浪费光阴。这道理人人都懂，可是很少人真能积极不懈地善于利用他的时间。

我自己就是浪费了很多时间的一个人。我不打麻将，我不经常地听戏看电影，几年中难得一次，我不长时间看电视，通常只看半个小时，我也不串门子闲聊天。有人问我：

“那么你大部分时间都做了些什么呢?”我痛自反省，我发现，除了职务上的必须及人情上所不能免的活动之外，我的时间大部分都浪费了。我应该集中精力，读我所未读过的书，我应该利用所有时间，写我所要写的东西，但是我没能这样做。我的好多的时间都糊里糊涂地混过去了，“少壮不努力，老大徒伤悲。”

例如我翻译莎士比亚，本来计划于课余之暇每年翻译两部，二十年即可完成，但是我用了三十年，主要的原因是懒。翻译之所以完成，主要的是因为活得相当长久，十分惊险。翻译完成之后，虽然仍有工作计划，但体力渐衰，有力不从心之感。假使年轻的时候鞭策自己，如今当有较好或较多的表现。然而悔之晚矣。

再例如，作为一个中国人，经书不可不读。我年过三十才知道读书自修的重要。我披阅，我圈点，但是恒心不足，时作时辍。五十以学《易》，可以无大过矣，我如今年过八十，还没有接触过《易经》，说来惭愧。史书也很重要。我出国留学的时候，我父亲买了一套同文石印的前四史，塞满了我的行箧的一半空间，我在外国混了几年之后又把前四史原封带回来了。直到四十年后才鼓起勇气读了《通鉴》一遍。现在我要读的书太多，深感时间有限。

无论做什么事，健康的身体是基本条件。我在学校读书的时候，有所谓“强迫运动”，我踢破过几双球鞋，打断过几只球拍。因此侥幸维持下来最低限度的体力。老来打过几年太极拳，目前则以散步活动筋骨而已。寄语年轻朋友，千万要持之以恒地从事运动，这不是嬉戏，不是浪费时间。健康的身体是做人做事的真正的本钱。

吃　相

我是学生出身，十几年间同桌吃饭的不知凡几，可说是阅人多矣！现在谈谈吃相中之最杰出的人才之最拿手的好戏。

一、中学时代

这时候大家的身体都在发达的时候，所以在吃的时候，不注重“相”，而注重在“吃得多”，并且“吃得好”。学校的饭食，只有一样好处——管饱。讲到菜蔬的味道，大约比喂猪的东西胜过一点。四个碗四个碟子，八个人吃。照规矩要等人齐了才能正式用武。所以快到吃饭的时候，食堂门口挤得水泄不通，一股菜香从窗口荡漾出来，人人涎流万丈，说句时髦话，空气是非常的紧张。钟点一到，食堂门开，大队人马，浩浩荡荡，长驱直入，唯恐落后。八个人到齐，说时迟，那时快，双手并用，匙箸齐举。用筷的方法，是先用“骑马式”，两箸直用，后来碗底渐渐发白，便改用“抬轿式”，用两箸横扫。稍微带几根肉毛的菜，无一幸免。再后来，天下事大定矣的时候，大家改换工具，弃箸而用匙焉！最后，大家已有九分饱，碗里留些剩水残羹，这时节便有年长一点德高一点的人，从容不迫地从头上拔下一根轻易不肯拔的毛来，放在碗里。照例碗里有毛，厨房要受罚的，所以厨房情愿私了，另赔一满碗菜。结果是大家一人添一碗饭。有时厨役也晓得个中情形，所以在学生装模作样喊叫“有毛！”的时候，便说：“这大概是狗毛吧？”学生面面相觑。

二、大学时代

年纪大了，学业进了，吃相也跟着改良。这时代吃起来讲究不动声色，而收更大之实惠。所以大家共同研究，发明了四个字的诀窍，曰：狠、准、稳、忍。遇见好吃的菜，讲究当仁不让，引为己任，旁若无人，是之谓“狠”。一碗的肉，块头有大有小，有厚有薄，有肥有瘦，要不假翻动而看得准确，何者最佳，何者次之，是之谓“准”。既已狠心，而又眼快，第三步工作在用筷子夹的时候要夹得稳，否则半途落下，费时耗力，有碍吃相，是之谓“稳”。最后食既到嘴，便不论其是否坚硬热烫，须于最短时间之内通通咽下，是之谓“忍”，言忍痛忍烫也。吃相到这个地步，可以说是没有挑剔了。

吃　醋

世以妒妇比狮子。（在阁《知新录》）

狮子日食醋一瓶。（《续文献通考》）

忽闻河东狮子吼，拄杖落手心茫然。（东坡《嘲季常诗》）

醋是一种有酸味的液体，以酒发酵酿成者也，是佐味必备之物，吃饺子尤其少不了它。如镇江之醋，如山西老陈醋，均为醋中上品。这篇文章说的却不是这种醋，说的是每一个人蕴之于心，形之于外的心理上的醋。

夫妇居室，大凡非相生即为相克。相生是阴阳得济，再好没有；若不幸而相克，则从古以来“二虎相争，必有一伤”，当然必有一个克得过，一个克不过。为什么不相生而相克呢？理由很多，吃醋是很重要的理由之一。常常老爷不跟太太好而跟另一位好，或者是太太不跟老爷好而跟另一位好。这么一来，对方当然嫉妒，可是并非嫉妒对方，而是嫉妒那个另一位。不过另一位很不易与之发生正式冲突，于是一腔酸气便全发在对方的身上，因而相克，即所谓吃醋。所以吃醋原是双方的，并不仅在太太方面。可是最著名的例子却是太太造成，宋朝的陈季常先生瞒了太太鬼头鬼脑地召妓饮酒，被陈太太知道了跑到隔壁，把板壁一敲，于是陈先生“忽闻河东狮子吼，拄杖落手心茫然”。“茫然”二字，最得其神，千年之后我们都可想见其可怜的狼狈之状。然而他这是活该，可怜不足惜。最倒霉的就是陈太太闹了个“河东狮子”的名字，千秋万世不能解脱。

传说释迦牟尼佛生时，一手指天，一手指地，作狮子吼，云：天上地下，唯吾独尊。狮子是兽中之王，大声一吼，自然群兽慑服。佛家就说狮子吼而百兽伏，以喻正义伸而群言沮。古人把善妒之妇与释迦牟尼佛相提并论，其重视的程度可以想见。

有一种捕风捉影的吃醋，令人莫名其妙，谓之吃飞醋。

剃头的挑子一头热，自己酸气冲天，气得七颠八倒，而对方满没理会，此之谓吃寡醋。

亦有人把这个醋吃得非常温柔，小巧而可爱，以退为进，适可而止，纵横捭阖，不可向迩，结果求福得福，求利得利。这是吃醋吃到了家的。否则弄巧成拙，不但吃了亏，还会被别人说闲话，说是醋坛子、醋坯子、醋瓶子……

又有一种人烧包脾气，性如烈火。醋劲上来，急火攻心，不管三七二十一，拳头嘴巴齐上，手枪刀子全来。于是演出惨绝人寰的大悲剧。这是白热化的醋缸大爆炸，为智者所不取。

这是男女间的吃醋，虽因情形之异而结果不同，可是出发点全是好的。它的演进是：由爱生疑，由疑生醋。

吃醋固不仅男女而然也。既然嫉妒之心，人皆有之，既引小喻大，何时何地不能吃醋？同行相轻，常常是吃醋使然；我不服你，你不服我，其间的真是非原是不容易分出来的。社会之中，名利争夺，在在都有引起吃醋的可能。

醋的力量之大，既如上述，我们绝不能忽视它。不过假如我们真有这样大的醋劲非发泄不可的话，我们何妨转移目标，把这一股泼辣的力量用在一种伟大的事业上去呢？

早　起

曾文正公说：“做人从早起起。”因为这是每人每日所做的第一件事。这一桩事若办不到，其余的也就可想。记得从前俞平伯先生有两行名诗：“被窝暖暖的，人儿远远的……”在这“暖暖……远远……”的情形之下，毅然决然地从被窝里窜出来，尤其是在北方那样寒冷的天气，实在是不容易。唯以其不容易，所以那个举动被称为开始做人的第一件事。偎在被窝里不出来，那便是在做人的道上第一回败绩。

历史上若干嘉言懿行，也有不少是标榜早起的。例如，《颜氏家训》里便有“黎明即起”的句子。至少我们不会听说哪一个人为了早晨晏起而受到人的赞美。祖逖闻鸡起舞的故事是众所熟知的，但是我们不要忘了祖逖是志士，他所闻的鸡不是我们在天将破晓时听见的鸡啼，而是“中夜闻荒鸡鸣”。中夜起舞之后是否还回去再睡，史无明文，我想大概是不再回去睡了。黑茫茫的后半夜，舞完了之后还做什么，实在是不可想象的事。前清文武大臣上朝，也是半夜三更地进东华门，打着灯笼进去，不知是不是因为皇帝有特别喜欢起早的习惯。

西谚亦云：“早出来的鸟能捉到虫儿吃。”似乎是晚出来的鸟便没得虫儿吃了。我们人早起可有什么好处呢？我个人是从小就喜欢早起的，可是也说不出有什么特别的好处，只是我个人的习惯而已。我觉得这是一个好习惯，可是并不说有这好习惯的人即是好人，因为这习惯虽好，究竟在做人的道理上还是比较的一桩小事。所以像韩复榘在山东省做主席时强迫省府人员清晨五时集合在大操场里跑步，我并不敢恭维。

我小时候上学，躺在炕上一睁眼看见窗户上最高的一格有了太阳光，便要急得哭啼，我的母亲匆匆忙忙给我梳了小辫儿打发我去上学。我们的学校就在我们的胡同里。往往出门之后不久又眼泪扑簌地回来，母亲问道：“怎么回来了？”我低着头嗫嚅地回答：“学校还没有开门哩！”这是五十多年前的事了，我现在想想，还是不知道为什么要那样性急。到如今，凡是开会或宴会之类，我还是很少迟到的。我觉得迟到是很可耻的一件事。但是我的心胸之不够开展，容不得一点事，于此也就可见一斑。

有人晚上不睡，早晨不起。他说这是“焚膏油以继晷”。我想，“焚膏油”则有之，日晷则在被窝里糟蹋不少。他说夜里万籁俱寂，没有搅扰，最宜工作，这话也许是有道理的。我想晚上早睡两个钟头，早上早起两个钟头，还是一样的，因为早晨也是很宜于工作的。我记得我翻译《阿伯拉与哀绿绮思的情书》的时候，就是趁太阳没出的时候搬竹椅在廊檐下动笔，等到太阳晒满半个院子，人声嘈杂，我便收笔，这样在一个月内译成了那本书，至今回忆起来还是愉快的。我在上海住几年，黎明即起，弄堂里到处是哗啦哗啦的刷马桶的声音，满街的秽水四溢，到处看得见横七竖八的露宿的人——这种苦恼是高枕而眠到日上三竿的人所没有的。有些个城市，居然到九十点钟而街上还没有什么动静，家家户户都门窗紧闭，行经其地如过废墟，我这时候只有暗暗地祝福那些睡得香甜的人，我不知道他们昨夜做了什么事，以至今天这样晚还不能起来。

我如今年事稍长，好早起的习惯更不易抛弃。醒来听见鸟啭，一天都是快活的。走到街上，看见草上的露珠还没有干，砖缝里被蚯蚓倒出一堆一堆的沙土，男的女的担着新鲜肥美的菜蔬走进城来，马路上有戴草帽的老朽的女清道夫，还有无数的青年男女穿着熨平的布衣精神抖擞地携带着“便当”骑着脚踏车去上班，——这时候我衷心充满了喜悦！这是一个活的世界，这是一个人的世界，这是生活！

就是学佛的人也讲究“早参”“晚参”。要此心常常摄持。曾文正公说做人从早起起，也是着眼在那一转念之间，是否能振作精神，让此心做得主宰。其实早起晚起本身倒没有什么了不得的利弊，如是而已。

谈友谊

朋友居五伦之末，其实朋友是极重要的一伦。所谓友谊实即人与人之间的一种良好的关系，其中包括了解、欣赏、信任、容忍、牺牲……诸多美德。如果以友谊作基础，则其他的各种关系如父子夫妇兄弟之类均可圆满地建立起来。当然父子兄弟是无可选择的永久关系，夫妇虽有选择余地，但一经结合便以不再仳离为原则，而朋友则是有聚有散可合可分的。不过，说穿了，父子夫妇兄弟都是朋友关系，不过形式性质稍有不同罢了。严格地讲，凡是充分具备一个好朋友的条件的人，他一定也是一个好父亲、好儿子、好丈夫、好妻子、好哥哥、好弟弟。反过来亦然。

我们的古圣先贤对于交友一端是甚为注重的。《论语》里面关于交友的话很多。在西方亦是如此。罗马的西塞罗有一篇著名的《论友谊》。法国的蒙田、英国的培根、美国的爱默生，都有论友谊的文章。我觉得近代的作家在这个题目上似乎不大肯费笔墨了。这是不是叔季之世友谊没落的象征呢？我不敢说。

古之所谓“刎颈交”，陈义过高，非常人所能企及。如Damon与Pythias[①]，Divid与Jonathan[②]，怕也只是传说中的美谈罢。就是把友谊的标准降低一些，真正能称得起朋友的还是很难得。试想一想，如有银钱经手的事，你信得过的朋友能有几人？在你蹭蹬失意或疾病患难之中还肯登门拜访乃至雪中送炭的朋友又有几人？你出门在外之际对于你的妻室弱媳肯加照顾而又不照顾得太多者又有几人？再退一步，平素投桃报李，莫逆于心，能维持长久于不坠者，又有几人？总角之交，如无特别利害关系以为维系，恐怕很难在若干年后不变成为路人。富兰克林说：“有三个朋友是最忠实可靠的——老妻、老狗与现款。”妙的是这三个朋友都不是朋友。倒是亚里士多德的一句话最干脆：“我的朋友们啊！世界上根本没有朋友。”这句话近于愤世嫉俗，事实上世界上还是有朋友的，不过虽然无须打着灯笼去找，却是像沙里淘金而且还需要长时间的洗练。一旦真铸成了友谊，便会金石

---

① 达蒙和皮西厄斯，他们的名字成了同生死、共患难的同义词。——编者注

② 《圣经》中的大卫和约拿单。——编者注

同坚，永不退转。

大抵物以类聚，人以群分。臭味相投，方能永以为好。交朋友也讲究门当户对，纵不必像九品中正那么严格，也自然有个界限。“同学少年多不贱，五陵裘马自轻肥”，于“自轻肥”之余还能对着往日的旧游而不把眼睛移到眉毛上边去吗？汉光武容许严子陵把他的大腿压在自己的肚子上，固然是雅量可风，但是严子陵之毅然决然地归隐于富春山，则尤为知趣。朱洪武写信给他的一位朋友说：“朱元璋做了皇帝，朱元璋还是朱元璋……”话自管说得很漂亮，看看他后来之诛戮功臣，也就不免令人心悸。人的身心构造原是一样的，但是一入宦途，可能发生突变。孔子说，“无友不如己者”，我想一来只是指品学而言，二来只是说不要结交比自己坏的，并没有说一定要我们去高攀。友谊需要两造，假如双方都想结交比自己好的，那就永远交不起来。

好像是王尔德说过：“一个男人与一个女人之间是不可能有友谊存在的。”就一般而论，这话是对的，因为男女之间如有深厚的友谊，那友谊容易变质，如果不是心心相印，那又算不得是友谊。过犹不及，那分际是很难把握的。忘年交倒是可能的。祢衡年未二十，孔融年已五十，便相交友，这样的例子史不绝书，但似乎是也以同性为限。并且以我所知，忘年交之形成固有赖于兴趣之相近与互相之器赏，但年长的一方面多少需要保持一点童心，年幼的一方面多少需要显着几分老成。老气横秋则令人望而生畏，轻薄儇佻则人且避之若浼。单身的人容易交朋友，因为他的情感无所寄托，漂泊流离之中最需要一个一倾积愫的对象，可是等到他有红袖添香稚子候门的时候，心境就不同了。

“君子之交淡若水”，因为淡所以不腻，才能持久。“与朋友交，久而敬之”，敬也就是保持距离，也就是防止过分的亲昵。不过“狎而敬之”是很难的。最要注意的是，友谊不可透支，总要保留几分。Mark Twain[①]说：“神圣的友谊之情，其性质是如此的甜蜜、稳定、忠实、持久。可以终身不渝，如果不开口向你借钱。”这真是慨乎言之。朋友本有通财之谊，但这是何等微妙的一件事！世上最难忘的事是借出去的钱，一般认为最倒霉的事又莫过于还钱。一牵涉到钱，恩怨便很难清算得清楚，多少成长中的友谊都被这阿堵物所戕害！

规劝乃是朋友中间应有之义，但是谈何容易。名利场中，沆瀣一气，自己都难以明辨是非，哪有余力规劝别人？而在对方则又良药苦口忠言逆耳，谁又愿意让别人批他的逆鳞？规劝不可当着第三者的面前行之，以免伤他的颜面，不可在他情绪不宁时行之，以免逢彼之怒。孔子说：“忠告而善道之，不可则止。”我总以为劝善规过是友谊之消极的作

① 马克·吐温（1835—1910），美国小说家、演说家。——编者注

用。友谊之乐是积极的。只有神仙与野兽才喜欢孤独，人是要朋友的。“假如一个人独自升天，看见宇宙的大观，群星的美丽，他并不能感到快乐，他必要找到一个人向他述说他所见的奇景，他才能快乐。”共享快乐，比共受患难，应该是更正常的友谊中的趣味。

白猫王子

有一天菁清在香港买东西，抱着夹着拎着大包小笼地在街上走着，突然啪的一声有物自上面坠下，正好打在她的肩膀上。低头一看，毛茸茸的一个东西，还直动弹，原来是一只黄鸟，不知是从什么地方落下来的，黄口小雏，振翅乏力，显然是刚学起飞而力有未胜。菁清勉强腾出手来，把它放在掌上，它身体微微颤动，睁着眼睛痴痴地望。她不知所措，丢下它于心不忍。《颜氏家训》有云："穷鸟入怀，仁人所悯。"仓促间亦不知何处可以买到鸟笼。因为她正要到银行去有事，就捧着它进了银行，把它放在柜台上面，行员看了奇怪，攀谈起来，得知银行总经理是一位爱鸟的人，他家里用整间的房屋做鸟笼。当即把总经理请了出来，他欣然承诺把鸟接了过去。路边孤雏总算有了最佳归宿，不知如今羽毛丰满了未?

有一天夜晚在台北，菁清在一家豆浆店消夜后步行归家，瞥见一条很小的跛脚的野狗，一瘸一拐地在她身后亦步亦趋。跟了好几条街。看它瘦骨嶙嶙的样子大概是久矣不知肉味，她买了两个包子喂它，狼吞虎咽如风卷残云，索性又喂了它两个。从此它就跟定了她，一直跟到家门口。她打开街门进来，狗在门外用爪子挠门，大声哭叫，它也想进来。我们家在七层楼上，相当逼仄，不宜养犬。但是过了一小时再去探望，它仍守在门口不去。无可奈何托一位朋友把它抱走，以后下落就不明了。

以上两桩小事只是前奏，真正和我们结了善缘的是我们的白猫王子。

普通人家养猫养狗都要起个名字，叫起来方便，而且豢养的不止一只，没有名字也不便识别。我们的这只猫没有名字，我们就叫它猫咪或咪咪。白猫王子是菁清给它的封号，凡是封号都不该轻易使用，没有人把谁的封号整天价挂在嘴边乱嚷乱叫的。

白猫王子到我们家里来是很偶然的。

一九七八年三月三十日，我的日记本上有这样的一句：“菁清抱来一只小猫，家中将从此多事矣。”缘当日夜晚，风狂雨骤，菁清自外归来，发现一只很小很小的小猫局蹐缩缩地蹲在门外屋檐下，身上湿漉漉的，叫的声音细如游丝，她问左邻右舍这是谁家的猫，都说不知道。于是因缘凑合，这只小猫就成了我们家中的一员。

惭愧家中无供给，那一晚只能飨以一碟牛奶，像外国的小精灵扑克似的，它把牛奶舐得一干二净，舐饱了之后它用爪子洗洗脸，伸胳膊拉腿地倒头便睡，真是粗豪之至。我这才有机会端详它的小模样。它浑身雪白，（否则怎能赐以白猫王子之嘉名?）两个耳朵是黄的，脑顶上是黄的中间分头路，尾巴是黄的。它的尾巴可有一点怪，短短的而且是弯曲的，里面的骨头是弯的，永远不能伸直。起初我们觉得这是畸形，也许是受了什么伤害所致，后来听兽医告诉我们这叫作麒麟尾，一万只猫也难得遇到一只有麒麟尾。麒麟是什么样子，谁也没见过，不过图画中的麒麟确是卷尾巴，而且至少卷一两圈。没有麒麟尾，它还称得上是白猫王子吗?

在外国，猫狗也有美容院。我在街上隔着窗子望进去，设备堂皇，清洁而雅致，服务项目包括梳毛、洗澡、剪指甲以及马杀鸡之类。开发中的国家当然不致荒唐若是。第一桩事需要给我的小猫做的便是洗个澡。菁清问我怎个洗法，我也不知道。我只知道猫怕水，扔在水里会淹死，所以必须干洗。记得从前家里洗羊毛袄的皮筒子，是用黄豆粉羼樟脑，在毛皮上干搓，然后梳刷。想来对猫亦可如法炮制。黄豆粉不可得，改用面粉，效果不错。只是猫不知道我们对它要下什么毒手，拼命抗拒，在一人按捺一人搓洗之下勉强竣事，我对镜一看我自己几乎像是“打面缸”里的大老爷！后来我们发现洗猫有专用的洗粉，不但洗得干净，而且香喷喷的。猫也习惯，察知我们没有恶意，服服帖帖地让菁清给它洗，不需要我在一边打下手了。

国人大部分不爱喝牛奶，我国的猫亦如是。小时候“有奶便是娘”，稍大一些便不是奶所能满足。打开冰箱煮一条鱼给它吃，这一开端便成了例。小鱼不吃，要吃大鱼；陈鱼不吃，要吃鲜鱼；隔夜冰冷的剩鱼不吃，要现煮的温热的才吃……起先是什么鱼都吃，后来有挑有拣，现在则专吃新鲜的沙丁鱼。兽医说，喂鱼要先除刺，否则鲠在喉里要开刀，扎在胃里要出血。记得从前在北平也养过猫，一天买几个铜板的熏鱼担子上的猪肝，切成细末拌入饭中，猫吃得痛痛快快。大概现在时代不同了，好多人只吃菜不吃饭，猫也拒食碳水化合物了。可是飨以外国的猫食罐头以及开胃的猫零食，它又觉得不对胃口，别的可以洋化，吃则仍主本位文化。偶然给了它一个茶叶蛋的蛋黄，它颇为欣赏，不过掰碎了它不吃，它要整个的蛋黄，用舌头舐得团团转，直到舐得无可再舐而后止。夜晚一点钟街上卖茶叶蛋的老人沙哑的一声“五香茶叶蛋”，它便悚然一惊，竖起耳朵喵喵叫。铁石心肠也只好披衣下楼买来给它消夜。此外我们在外宴会总是不会忘记带回一包烤鸭或炸鸡之类作为它的打牙祭。

吃只是问题的一半，吃下去的东西会消化，消化之后剩余的渣滓要排出体外，这问题就大了。白猫王子有四套卫生设备，楼上三套，楼下一套。猫比小孩子强得多，无须教就会使用它的卫生设备。街上稍微偏僻一点的地方常见有人“脚向墙头八字开”，红砖道上星罗棋布的狗屎更是无人不知的。我们的猫没有这种违警行为，它知道在什么地方做什么事。只是它的洁癖相当烦人，四个卫生设备用过一次便需清理现场，换沙土，否则它会呜呜地叫。不过这比起许多人用过马桶而不冲水的那种作风似又不可同日而语。为了保持清洁，我们在设备上里里外外喷射猫狗特用的除臭剂，它表示满意。

猫长得很快，食多事少，焉得不胖？运动器材如橡皮鼠、不倒翁、小布人，都玩过了。它最感兴趣的是乒乓球，在地毯上追逐翻滚身手矫健。但是它渐渐发福了，先从腹部胖起，然后有了双下巴颏，脑勺子后面起了一道肉轮。把乒乓球抛给它，它只在球近身时用爪子拨一下，像打高尔夫的大老爷之需要一个球童。它不到一岁，已经重到九公斤，抱着它上下楼，像是抱着一个大西瓜。它吃了睡，睡了吃，不做任何事——可是猫能做什么呢？家里没有老鼠，所以它无用武之地，好像它不安于饱食终日无所用心的境界，于是偶尔抓蟑螂、抓蛐蜒、抓苍蝇、抓蚊蚋。此外便是舐爪子抹脸了。

胖还不要紧，要紧的是春将来到，屋里怕关不住它。划出阳台一部分，宽五尺长三十尺，围以铁栏杆，可以容纳几十只猫，晴朗之日它在里面可以晒太阳，可以观街景。听见远处猫叫，它就心惊。万一我们照顾不到，它冲出门外，它是没有法子能再回来的。我们失掉一只猫，这打击也许尚可承受，猫失掉了我们，便后果堪虞了。菁清和我商量了好几次，拿不定主意。不是任其自然，便是动阉割手术。凡是有过任何动手术的经验的人都该知道，非不得已谁也不愿轻试。给猫行这种手术据说只要十五分钟就行了。我们还是不放心，打电话问几家兽医院，都说是小手术，麻药针都不必打，闻之骇然。最后问到“国际犬猫专医院”辜泰堂兽医师，他说当然要麻药针，否则岂不痛死？我们这才下了决心，带猫到医院去。

猫装进小笼，提着进入出租车，它便开始惨叫，大概以为是绑赴刑场。放在手术台上便开始哀鸣，大概以为是要行刑。其实是刑，是腐刑。动员四个人，才得完成手术，我躲在室外，但闻室内住院的几只猫狗齐鸣。事后抱回家里，休养了约一星期，医师出诊两次给它拆线敷药。此后猫就长得更快、更胖、更懒。关于这件事我至今觉得歉然，也许长痛不如短痛，可是我事前没有征求它的同意。旋思世上许多事情都未经过同意——人来到世上，离开世上，可又征求过同意？

有朋友看见我养猫就忠告我说，最好不要养猫。猫的寿命大概十五六年，它也有生老病死。它也会给人带来悲欢离合的感触。一切苦恼皆由爱生。所以最好是养鱼，鱼在水里，人在水外，几曾听说过人爱鱼，爱到摩它、抚它、抱它、亲它的地步？养鱼只消喂它，伺候它，隔着鱼缸欣赏它，看它悠然而游，人非鱼亦知鱼之乐。一旦鱼肚翻白，也不会有太多的伤痛。这番话是对的，可惜来得太晚了。白猫王子已成为家里的一分子，只是没报户口。

白猫王子的姿势很多，平伸前腿昂首前视，有如埃及人面狮身像谜一样地庄严神秘。侧身卧下，弓腰拳腿，活像是一颗大虾米。缩颈眯眼，藏起两只前爪，又像是老僧入定。睡时常四脚朝天，露出大肚子作坦腹东床状，睡醒伸懒腰，将背弓起，像骆驼。有时候它枕着我的腿而眠，压得我腿发麻。有时候躲在门边墙角，露出半个脸，斜目而视，好像是逗人和它捉迷藏。有时候又突然出人不意跳过来抱着我的腿咬——假咬。有时候体罚不能全免，菁清说不可以没有管教，在毛厚肉多的地方打几巴掌，立见奇效，可是它会一两天不吃饭，以背向人，菁清说是伤了它的自尊。

据我所知，英国文人中最爱猫的是十八世纪的斯玛特(Smart)，是诗人也是疯子。他的一首无韵诗《大卫之歌》第十九节第五十行起及整个的第二十节，都是描述他的猫乔佛莱。有几部分写得极好，例如：

上帝的光荣在东方刚刚出现，他即以他的方式去礼拜。

其方式是躬身七次，优美而迅速。

然后他跳起捉麝球，这是他求上帝赐给他的恩物。

他连翻带滚地闹着玩。

做完礼拜受了恩宠之后他开始照顾他自己。

他分为十个步骤去做。

首先看看前爪是否干净。

第二是向后踢几下以腾出空间。

第三是伸前爪欠身做体操。

第四是在木头上磨他的爪。

第五是洗浴。

第六是浴罢翻滚。

第七是为自己除蚤，以免巡游时受窘。

第八是靠一根柱子摩擦身体。

第九是抬头听取指示。

第十是前去觅食。

…………

他是属于虎的一族。

虎是天使，猫是小天使。

他有蛇的狡狯与嘘嘘声，但他禀性善良能克制自己。

如吃得饱，他不做破坏的事，若未被犯他亦不唾。
上帝夸他乖，他作呜呜声表示感谢。
他是为儿童学习仁慈的一个工具。
没有猫，每个家庭不完备，幸福有缺憾。

我们的白猫王子和英国的乔佛莱又有什么两样？

一九七八年三月三十日是猫来我家一周岁的纪念日，不可不饮宴，以为庆祝。菁清一年的辛劳换来不少温馨与乐趣，而兽医师辜泰堂先生维护它的健康，大德尤不可忘，乃肃之上座，酌以醴浆。我并且写了一个小条幅送给他，文曰：

是乃仁心仁术
泽及小狗小猫

清华八年

（一）

我自民国四年进清华学校读书，民国十二年毕业，整整八年的工夫在清华园里度过。人的一生没有几个八年，何况是正在宝贵的青春？四十多年前的事，现在回想已经有些模糊，如梦如烟，但是较为突出的印象则尚未磨灭。有人说，人在开始喜欢回忆的时候便是开始老的时候。我现在开始回忆了。

民国四年，我十四岁，在北京新鲜胡同京师公立第三小学毕业，我的父亲接受朋友的劝告要我投考清华学校。这是一个重大的决定，因为这个学校远在郊外，我是一个古老的家庭中长大的孩子，从来没有独自在街头闯荡过，这时候要捆起铺盖到一个陌生的地方去住，不是一件平常的事，而且在这个学校经过八年之后便要漂洋过海离乡背井到新大陆去负笈求学，更是难以设想的事。所以父亲这一决定下来，母亲急得直哭。

清华学校在那时候尚不大引人注意。学校的创立乃是由于民国纪元前四年美国老罗斯福总统决定退还庚子赔款半数指定用于教育用途，意思是好的，但是带着深刻的国耻的意味。所以这学校的学制特殊，事实上是留美预备学校，不由教育部管理，校长由外交部派。每年招考学生的名额，按照各省分担的庚子赔款的比例分配。我原籍浙江杭县，本应到杭州去应试，往返太费事，而且我家寄居北京很久，也可算是北京的人家，为了取得法定的根据起见，我父亲特赴京兆大兴县署办入籍手续，得到准许备案，我才到天津（当时直隶省会）省长公署报名。我的籍贯从此确定为京兆大兴县，即北京。北京东城属大兴，西城属宛平。

那一年直隶省分配名额为五名，报名应试的大概是三十几个人，初试结果取十名，复试再遴选五名。复试由省长朱家宝亲自主持，此公素来喜欢事必躬亲，不愿假手他人，居恒有一颗闲章，文曰：“官要自作”。我获得初试入选的通知以后就到天津去谒见省长。十四岁的孩子几曾到过官署？大门口的站班的衙役一声吆喝，吓我一大跳，只见门内左右站着几个穿宽袍大褂的衙役垂手肃立，我逡巡走近二门，又是一声吆喝，然后进入大厅。十个孩子都到齐，有人出来点名。静静地等了一刻钟，一位面团团的老者微笑着踱了出来，从容不迫地抽起水烟袋，逐个地盘问我们几句话，无非是姓甚、名谁、几岁、什么属性之类的谈话。然后我们围桌而坐，各有毛笔纸张放在面前，写一篇作文，题目是“孝悌为人之本”。这个题目我好像从前作过，于是不假思索援笔立就，总之是一些陈词滥调。

过后不久榜发，榜上有名的除我之外有吴卓、安绍芸、梅贻宝及一位未及入学即行病逝的应某。考取学校总是幸运的事，虽然那时候我自己以及一般人并不怎样珍视这样的一个机会。

就是这样我和清华结下了八年的缘分。

（二）

八月末，北京已是初秋天气，我带着铺盖到清华去报到，出家门时母亲直哭，我心里也很难过。我以后读英诗人Cowper[①]的传记时之特别同情他，即是因为我自己深切体验到一个幼小的心灵在离开父母出外读书时的那种滋味——说是“第二次断奶”实在不为过。第一次断奶，固然苦痛，但

① 威廉·考珀（1731—1800），英国诗人。——编者注

那是在孩提时代，尚不懂事，没有人能回忆自己断奶时的懊恼，第二次断奶就不然了，从父母身边把自己扯开，在心里需要一点气力，而且少不了一阵心酸。

清华园在北京西郊外的海淀的东北。出西直门走上一条漫长的马路，沿途有几处步兵统领衙门的“堆子”，清道夫一铲一铲地在道上撒黄土，一勺一勺地在道上泼清水。路的两旁是铺石的路专给套马的大敞车走的。最不能忘的是路边的官柳，是真正的垂杨柳，好几丈高的丫杈古木，在春天一片鹅黄，真是柳眼挑金；更动人的时节是在秋后，柳丝飘拂到人的脸上，一阵阵的蝉噪，夕阳古道，情景幽绝。我初上这条大道，离开温暖的家，走上一个新的环境，心里不知是什么滋味。

海淀是一小乡镇，过仁和酒店微闻酒香，那一家的茵陈酒莲花白是有名的，再过去不远有一个小石桥，左转趋颐和园，右转经圆明园遗址，再过去就是清华园了。清华园原是清室某亲贵的花园，大门上“清华园”三字是大学士那桐题的，门并不大，有两扇铁栅，门内左边有一棵状如华盖的老松，斜倚有态，门前小桥流水，桥头上经常系着几匹小毛驴。

园里谈不到什么景致，不过非常整洁，绿草如茵，校舍十分简朴但是一尘不染。原来的一点点中国式的园林点缀保存在“工字厅”“古月堂”，尤其是工字厅后面的荷花池，徘徊池畔，有“风来荷气，人在木阴”之致。塘坳有亭翼然，旁有巨钟为报时之用。池畔松柏参天，厅后匾额上的“水木清华”四字确是当之无愧。又有长联一副：“槛外山光，历春夏秋冬，万千变幻，都非凡境；窗中云影，任东西南北，去来澹荡，洵是仙居。”（祁寯藻书）我在这个地方不知消磨了多少黄昏。

西园榛莽未除，一片芦蒿，但是登土山西望，圆明园的断垣残石历历可见，俯仰苍茫，别饶野趣。我记得有一次郁达夫特来访问，央我陪他到圆明园去凭吊遗迹，除了那一堆石头什么也看不见了，所谓“万园之园”的四十美景只好参考后人画图于想象中得之。

（三）

清华分高等科、中等科两部分。刚入校的便是中等科的一年级生。中等四年，高等四年，毕业后送到美国去，这两部分是隔离的，食宿教室均不在一起。

学生们是来自各省的，而且是很平均地代表着各省。因此各省的方言都可以听到，我不相信除了清华之外有任何一个学校其学生籍贯是如此的复杂。有些从广东、福建来的，方言特殊，起初与外人交谈不无困难，不过年轻的人学语迅速，稍后亦可适应。由于方言不同，同乡的观念容易加强，虽无同乡会的组织，事实上一省的同乡自成一个集团。我是北京人，我说国语，大家都学着说国语，所以我没有方言，因此我也就没有同乡观念。如果我可以算得是北京土著，像我这样的土著，清华一共没有几个（原籍满族的陶世杰，原籍蒙族的杨宗瀚都可以算是真正的北京人）。北京也有北京的土语，但是从这时候起我就和各个不同省籍的同学交往，我只好抛弃了我的土语的成分，养成使用较为普通的国语的习惯。我一向不参加同乡会之类的组织，同时我也没有浓厚的乡土观念，因为我在这样的环境有过八年的熏陶，凡是中国人都是我的同乡。

一天夜里下大雪。黎明时同屋的一位广东同学大惊小怪地叫了起来："下雪啦！下雪啦！"别的寝室的广东同学也出来奔走相告，一个个从箱里取出羊皮袍穿上，但是里面穿的是单布裤子！

有一位从厦门来的同学，因为言语不通没人可以交谈，孤独郁闷而精神失常，整天用英语喊叫"我要回家！我要回家！"高等科有一位是他的同乡，但是不能时常来陪伴他。结果这位可怜的孩子被遣送回家了。

我是比较幸运的，每逢星期日我交上一封家长的信便可获准出校返家，骑驴抄小径，经过大钟寺，到西直门，或是坐一小时的人力车遵大道进城。在家里吃一顿午饭，不大工夫夕阳西下又该回学校去了。回家的手续是在星期六晚办妥的，领一个写着姓名的黑木牌，第二天交到看守大门的一位张姓老头儿的手里，才得出门。平常是不准越大门一步的。但是高等科的同学们，和张老头打个招呼，也可以出门走走，买点什么鸭梨柿子烤白薯之类的东西。

新生是一群孩子，我这一班里以项君为最矮小，有一回他掉在一只大尿桶里几乎淹死。二三十年后我在天津遇到他，他已经任一个银行的经理，还是那么高，想起往事不禁发出会心的微笑。

新生的管理是很严格的。斋务主任陈筱田先生是个了不起的人物，天津人，说话干脆而尖刻，精神饱满，认真负责。学生都编有学号，我在中等科时是五八一，在高等科时是一四九，我毕业后十几年在南京车站偶然遇到他，他还能随口说出我的学号。每天早晨七点打起床钟，赴盥洗室，每人的手巾脸盆都写上号码，脏了要罚。七点二十分吃早饭，四碟咸菜如萝卜干八宝菜之类，每人三个馒头，稀饭不限。饭桌上，也有各人的学号，缺席就要记下处罚。脸可以不洗，早饭不能不去吃。陈先生常常躲在门后，拿着纸笔把迟到的一一记下，专写学号，一个也漏不掉。我从小就有早起的习惯，永远在打钟以前很久就起床，所以从不误吃早饭。

学生有久久不写平安家信以致家长向学校查询者，因此学校规定每两星期必须写家信一封，交斋务室登记寄出。我每星期回家一次，应免此一举，但格于规定仍须照办。我父亲说这是很好的练习小楷的机会，特为我在荣宝斋印制了宣纸的信笺，要我恭楷写信，年终汇订成册，留作纪念。

学生身上不许带钱，钱要存在学校银行里，平常的零用钱可以存少许在身上，但一角钱一分钱都要记账，而且是新式簿记，有明细账，有资产负债对照表，月底结算完竣要呈送斋务室备核盖印然后发还。在学校用钱的机会很少，伙食本来是免费的，我入校的那一年才开始收半费，每月伙食是六元半，我交三元，在我以后就是交全费的了，洗衣服每月二元，这都是在开学时交清了的。理发每次一角，手艺不高明，设备也简陋，有一样好处——快，十分钟连揪带拔一定完工。（我的朋友张心一来自甘肃，认为一角钱太贵，总是自剃光头，青白油亮，只是偶带刀痕。）所以花钱只是买零食。校内有一个地方卖日用品及食物，起初名为嘉华公司，后改称为售品所，卖豆浆、点心、冰淇淋、花生、栗子之类。只有在寝室里可以吃东西，在路上走的时候吃东西是被禁止的。

洗澡的设备很简单，用的是铅铁桶，由工友担冷热水。孩子们很多不喜欢亲近水和肥皂，于是洗澡便需要签名，以备查核。规定一星期洗澡至少两次，这要求并不过分，可是还是有人只签名而不洗澡。照规定一星期不洗澡予以警告，若仍不洗澡则在星期五下午四时周会（名为伦理演讲）时公布姓名，若仍不洗澡则强制执行派员监视。以我所知，这规则尚不曾实行过。

看小说也在禁止之列，小说是所谓“闲书”，据说是为成年人消遣之用，不是诲淫就是诲盗，年轻人血气未定，看了要出乱子的。可是像《水浒》、《红楼》之类我早就在家里看过，也是偷着看的，看到妙处心里确是怦怦然。

我到清华之后，经朋友指点，海淀有一家小书店可以买到石印小字的各种小说。我顺便去了一看，琳琅满目，如入宝山，于是买了一部《绿牡丹》。有一天晚上躺在床上偷看，字小，纸光，灯暗，倦极抛卷而眠，翌晨起来就忘记从枕下捡起，斋务先生查寝室，伸手一摸就拿走了。当天就有条子送来，要我去回话，我还不知道是什么事。只见陈先生铁青着脸，把那本《绿牡丹》往我面前一丢，说：“这是嘛?”“嘛”者天津话“什么”也。我的热血涌到脸上，无话可说，准备接受打击。也许是因为我是初犯，而且并无其他前科，也许是因为我诚惶诚恐俯首认罪，使得惩罚者消了不少怒意，我居然除了受几声叱责及查获禁书没收之外没有受到惩罚。依法，这种罪过是要处分的，应于星期六下午大家自由活动之际被罚禁闭，地点在“思过室”，这种处分是最轻微的处分，在思过室里静坐几小时，屋里壁上满挂着格言，所谓“闭门思过”。凡是受过此等处分的，就算是有了记录，休想再能获得品行优良奖的大铜墨盒。我没进过思过室，可是也从来没有得过大铜墨盒，可能是受了绿牡丹事件的影响。我们对于得过墨盒的同学们既不嫉妒亦不羡慕，因为人人心里明白那个墨盒的代价是什么，并且事后证明墨盒的得主将来都变成了什么样的角色。

思过是要牌示的，若干次思过等于记一小过，三小过为一大过，三大过则恶贯满盈实行开除。记过开除之事在清华随时有之，有时候一向品学兼优的学生亦不能免于记过。比我高一班的潘光旦曾告诉我他就被记小过一次，事由是他在严寒冬夜不敢外出如厕，就在寝室门外便宜行事，事有凑巧，陈斋务主任正好深夜巡查，迎面相值当场查获，当时未交一语，翌日挂牌记过。光旦认为这是很有趣的一件事，从不讳言。中等科的厕所（绰号九间楼）在夜晚是没有人敢去的，面临操场，一片寂寥，加上狂风怒吼，孩子们是有一点怕。最严重的罪过是偷窃，一经破获，立刻开除，有时候拿了人家的一本字典或是拿了人家一匹夏布，都要受最严重的处分，趁上课时关扃寝室通路，翻箱倒箧实行突检，大概没有窃案不被破获的，虽然用重典，总还有人要蹈法网。有些学生被当作“线民”使用，负责打小报告，这种间谍制度后来大受外国教员指责，不久就废弃了，做线民的大概都是得过墨盒的。

清华对于年幼的学生还有过一阵的另一训导制度，三五个年幼的学生配给一个导师，导师由高等科的大学生担任之，每星期聚会一次，在生活上予以指导。指导我的是一位沈隽淇先生，大概比我大七八岁，道貌岸然，不苟言笑。这制度用意颇佳，但滞碍难行，因为硬性配给，不免扞格。此制行之不久即废，沈隽淇先生毕业后我也从来没听见过他的消息。

严格的生活管理只限于中等科，我们事后想想像陈筱田先生所执行的那一套管理方法，究竟是利多弊少，许多做人做事的道理，本来是应该在幼小的时候就要认识。许多自然主义的教育信仰者，以为儿童的个性应该任其自由发展，否则受了摧残以后，便不得伸展自如。至少我个人觉得我的个性没有受到压抑以至于以后不能充分发展。我从来不相信“树大自直”。等我们升到高等科，一切管理松弛多了，尤其是正值五四运动之后，学生的气焰万丈，谁还能管学生？

（四）

清华是预备留美的学校，所以课程的安排与众不同，上午的课如英文、作文、公民（美国的公民）、数学、地理、历史（西洋史）、生物、物理、化学、政治学、社会学、心理学……都一律用英语讲授，一律用美国出版的教科书；下午的课如国文、历史、地理、修身、哲学史、伦理学、修辞、中国文学史……都一律用国语，用中国的教科书。这样划分的目的，显然地要加强英语教学，使学生多得听说英语的机会。上午的教师一部分是美国人，一部分是能说英语的中国人。下午的教师是一些中国的老先生，好多都是在前清有过功名的。但是也有流弊，重点放在上午，下午的课就显得稀松。尤其是在毕业的时候，上午的成绩需要及格，下午的成绩则根本不在考虑之列。因此大部分学生轻视中文的课程。这是清华在教育上最大的缺点，不过鱼与熊掌不可得兼，顾了英文就不容易再顾中文，这困难的情形也是可以理解的。可惜的是学校没有想出更合理的办法，同时对待中文教师之差别待遇也令学生生出很奇异的感想，薪给特别低，集中住在比较简陋的古月堂，显然中文教师是不受尊重的。这在学生的心理上有不寻常的影响，一方面使学生蔑视本国的文化，崇拜外人；另一方面激起反感，对于洋人偏偏不肯低头。我个人的心理反应即属于后者，我下午上课从来不和先生捣乱，上午在课堂里就常不驯顺。而且我一想起母校，我就不能不联想起庚子赔款，义和团，吃教的洋人，昏聩的官吏……这一连串的联想使我惭愧愤怒。我爱我的母校，但这些联想如何能使我对我母校毫无保留地感觉骄傲呢?

清华特别注重英文一课，由于分配的钟点特多，再加上午其他备课亦用英语讲授，所以平均成绩可能较一般的学校略胜。使用的教本开始时是《鲍尔文读本》，以后就由浅而深地选读文学作品，如《阿丽斯异乡游记》《陶姆伯朗就学记》《柴斯菲德训子书》《金银岛》《欧文杂记》，阿迪生的

《洛杰爵士杂记》，霍桑的《七山墙之屋》《块肉余生述》《朱立阿西撒》《威尼斯商人》，等等。前后八年教过我英文的老师有马国骥先生、林语堂先生、孟宪承先生、巢堃霖先生，美籍的有 Miss Baader、Miss Clemers、Mr. Smith 等。马、林、孟三位先生都是当时比较年轻的教师，不但学问好，教法好，而且热心教学，是难得的好教师。巢先生是在英国受教育的，英文根底极好，我很惭愧的是我曾在班上屡次无理捣乱反抗，使他很生气，但是我来台湾后他从香港寄信给我，要我到香港大学去教中文，我感谢这位老师尚未忘记几十年前的一个顽皮的学生。两位美籍的女教师使我特殊受益的倒不在英文训练，而在她们教导我们练习使用“议会法”，这一套如何主持会议，如何进行讨论，如何交付表决等等的艺术，以后证明十分有用，这也就是孙中山先生所谓的“民权初步”。在民主社会里到处随时有集会，怎么可以不懂集会的艺术？我幸而从小就学会了这一套，以后受用不浅，以后每逢我来主持任何大小会议，我知道如何控制会场秩序，如何迅速地处理案件的讨论。她们还教了我们作文的方法，题目到手之后，怎样先作大纲，怎样写提纲挈领的句子，有时还要把别人的文章缩写成为大纲，有时从一个大纲扩展成为一篇文章，这一切其实就是思想训练，所以不仅对英文作文有用，对国文也一样地有用。我的文章写得不好，但如果层次不太紊乱，思路不太糊涂，其得力处在此。美国的高等学校大概就是注重此种教学方法，清华在此等处模仿美国，是有益的。

上午的所有课程有一特色，即是每次上课之前学生必须做充分准备，先生指定阅览的资料必须事先读过，否则上课即无从听讲或应付。上课时间用在练习讨论者多，用在讲解者少，同时鼓励学生发问。我们中国学生素来没有当众发问的习惯，美籍教师常常感觉困惑，有时指名发问令其回答，造成讨论的气氛。美国大学里在课外指定阅读的资料分量甚重，所以清华先有此种准备，免得到了美国顿觉不胜负荷。我记得到了高等科之后，先生指定要读许多参考书，某书某章必须阅读，我们在图书馆未开门之前就排了长龙，抢着阅读参考书架上的资料，迟到者就要等候。

我的国文老师中使我获益最多的是徐镜澄先生，我曾为文纪念过他（见《秋室杂文》）。他在中等科教我作文一年，批改课业大勾大抹，有时全页都是大墨杠子，我几千字的文章往往被他删削得体无完肤，只剩下三二百字，我始而懊恼，继而觉得经他勾改之后确实是另有一副面貌，终乃接受了他的“割爱主义”，写文章少说废话，开门见山；拐弯抹角的地方求其挺拔，避免阘茸。

午后的课程大致不能令学生满意。学校聘请教员只知道注意其有无举人进士的头衔，而不问其是否为优良教师。尤其是“五四”以后的几年，学生求知若渴，不但要求新知，对于中国旧学问也要求用新眼光来处理。比我低一班的朱湘先生就跑到北大旁听去了。清华午后上课情形简直是荒唐！先生点名，一个学生可以代替许多学生答到，或者答到之后就开溜，留在课室者可以写信看小说甚至打瞌睡，而先生高踞讲坛视若无睹。我记得清清楚楚，有一位叶先生年老而无须，有一位学生发问了："先生，你为什么不生胡须？"先生急忙用手遮盖他的下巴，缩颈俯首而不答，全班哄笑。这一类不成体统的事不止一端。

于此我不能不提到梁任公先生。大概是我毕业前一年，我们几个学生集议想请他来演讲。他的大公子梁思成是我同班同学，梁思永、梁思忠也都在清华，所以我们经过思成的关系一约就成了。任公先生的学问事业是大家敬仰的，尤其是他心胸开朗，思想赶得上潮流，在"五四"以后俨然是学术重镇。他身体不高，头秃，双目炯炯有光，走起路来昂首阔步，一口广东官话，声如洪钟。他讲演的题目是《中国韵文里表现的情感》，他情感丰富，记忆力强，用手一敲秃头便能背诵出一大段诗词，有时手之舞之足之蹈之，有时口沫四溅涕泗滂沱，频频地从口袋里掏出一块大毛巾来揩眼睛。这篇演讲分数次讲完，有异常的成功，我个人对中国文学的兴趣就是被这一篇演讲所鼓动起来的。以前读曾毅《中国文学史》，因为授课的先生只是照着书本读一遍，毫无发挥，所以我越读越不感兴趣。任公先生以后由学校聘请住在工字厅主讲《中国历史研究法》，更以后清华大学成立，他被聘为研究所教授，那是后话了。

还有些位老师我也是不能忘记的。教音乐的Miss Seeley和教图画的Miss Starr和Miss Lyggate都启迪了我对艺术的爱好。我本来喉音不坏，被选为“少年歌咏团”的团员，一共十二个人，除了我之外有赵敏恒、梅旸春、项谔、吴去非、李先闻、熊式一、吴鲁强、胡光澄、杜钟珩、郭殿邦等，我的嗓音最高，曾到城里青年会表演过一次Human Piano“人造钢琴”，我代表最高音。以后我倒了嗓子，同时Seeley女士离校后也没有人替其指导，我对音乐便失去了兴趣，没有继续修习，以至于如今对于音乐几乎完全是个聋子，中国音乐不懂，外国音乐也不通，变成了一个“内心没有音乐的人”，想起来实在可怕。讲到图画，我从小就喜欢，涂抹几笔是可以的，但无天才，清华的这两位教师给我的鼓励太多了，要我画炭画，描石膏像，记得最初是画院里的一棵松树，从基本上学习，但我没有能持续用功。我妄以为在小学时即已临摹王石谷、恽南田，如今还要回过头来画这些死东西？自以为这是委屈了我的才能，其实只是狂傲无知。到如今一点基本的功夫都没有，还谈得到什么用笔用墨？幼年时对艺术有一点点爱好，不值什么，没加上苦功，便毫无可观，我便是一例。

我不喜欢的课是数学。在小学时“鸡兔同笼”就已经把我搅昏了头，到清华习代数、几何、三角，更格格不入，从心里厌烦，开始时不用功，以后就很难跟上去，因此视数学课为畏途。我校的一位同学孙筱孟比我更怕数学，每回遇到数学月考大考，他一看到题目就好像是“贾宝玉神游太虚幻境”一般，匆匆忙忙回寝室换裤子，历次不爽。我那时有一种奇异的想法，我将来不预备习理工，要这劳什子做什么？以“兴趣不合”四个字掩饰自己的懒惰愚蠢。数学是人人要学的，人人可以学的，那是一种纪律，无所谓兴趣之合与不合，后来我和赵敏恒两个人同在美国一个大学读书，清华的分数单上数学一项都是勉强及格六十分，需要补修三角与立体几何，我们一方面懊恼，一方面引为耻辱，于是我们两个拼命用功，结果我们两个在全班上占第一第二的位置，大考特准免予参加，以甲上成绩论。这证明什么？这证明没有人的兴趣是不近数学的，只要按部就班地用功，再加上良师诱导，就会发觉里面的趣味，万万不可任性，在学校里读书时万万不可相信什么“趣味主义”。

生物、物理、化学三门并非全是必修，预备习文法的只要修生物即可，这一规定也害我不浅。我选了比较轻松的生物，教我们生物的陈隽人先生，他对我们很宽，我在实验室里完全把时间浪费了，我怕触及蚯蚓田鸡之类的活东西，闻到珂罗芳的味道就头痛，把蛤蟆四肢钉在木板上开刀取心脏是我最怵的事，所以总是请同学代为操刀，敷衍了事。物理化学根本没有选修，至今引为憾事。

我的手很笨拙，小时候手工一向很坏，编纸插豆、泥工竹工的成绩向来羞于见人。清华亦有手工一课，教师是周永德先生，有一次他要我们每人做一个木质的方锥体，我实在做不好，就借用同学徐宗沛所做的成品去搪塞交上。宗沛的手是灵巧的，他的方锥体做得方方正正有棱有角，周先生给他打了个九十分。我拿同一个作品交上去，他对我有偏见，仅打了七十分。我不答应，我自己把真相说穿。周先生大怒，说我不该借用别人的作品。我说："我情愿受罚，但是先生判分不公，怎么办呢?"先生也笑了。

（五）

清华对于体育特别注重。

每早晨第二堂与第三堂之间有十五分钟的柔软操。钟声一响大家涌到一个广场上，地上有写着号码的木桩，各按号码就位立定，由舒美科先生或马约翰先生领导活动，由助教过来点名。这十五分钟操，如果认真做，也能浑身冒汗。这是很好的调剂身心的办法。

下午四时至五时有一小时的强迫运动，届时所有的寝室课室房门一律上锁，非到户外运动不可，至少是在外面散步或看看别人运动。我是个懒人，处此情形之下，也穿破了一双球鞋，打烂了三五只网球拍，大腿上被棒球打黑了一大块。可惜到了高等科就不再强迫了。经常运动有助于健康，不，是健康之绝对的必需的条件。而且身体的健康，也必有助于心理的健康，年轻时所获致的健康也是后来求学做事的一笔资本。那时清华的一般的学生比较活泼一些，少老气横秋的态度，也许是运动比较多一点的缘故。

学生们之普遍地爱好运动的习惯之养成是一件事，选拔代表与别的学校竞赛则是又一件事。清华对于选手的选拔培养与爱护也是做得很充分的。选手要勤练习，体力耗损多，食物需要较高的热量，于是在食堂旁边另设“训练桌”，大鱼大肉，四盘四碗，同学为之侧目。运动员中之德智体三育均优者固然比比皆是，但在体育方面畸形发展的亦非绝无仅有。有一位玩球的健将就是功课不够理想，但还是设法留在校内以便为校立功，这种恶劣的作风是大家都知道的。

清华的运动员给清华带来不少的荣誉，在各种运动比赛中总是占在领导的位置。在最初的几次远东运动会中清华的选手赢得不少锦标，为国家争取光荣。我记得最清楚的是一场足球赛和一场篮球赛。上海南洋大学的足球队在华中称雄，远征华北以清华为对象，大家都觉得胜败未可逆料，不无惴惴。清华的阵容是前锋徐仲良、姚醒黄、关颂韬、华秀升、邝××。后卫之一是李汝祺，守门是董大酉。这一战打得好精彩，徐仲良脚头有劲，射门准而急，关颂韬最会盘球，三两个人奈何不得他，冲锋陷阵如入无人之境，结果清华以逸待劳，侥幸大胜。这是在星期六下午举行的，星期一补放假一天以资庆祝，这是什么事！另一场篮球赛是对北师大。北师大在体育方面也是人才辈出，篮球队中一位魏先生尤负盛名。北师大和清华在篮球上不相上下，可说势均力敌。清华的阵容是前锋有时昭涵、陈崇武，后卫有孙立人、王国华，以这一阵容为基本的篮球队曾打垮菲律宾、日本的代表队。鏖战的结果清华占地利因而险胜，孙立人、王国华的截球之稳练不能不令人叹为观止。附带提起，现在台湾的程树仁先生也是清华的运动健将，他继曹懋德为足球守门，举臂击球，比用脚踢还打得远些，他现在年近七十而强健犹昔，是清华的体育精神的代表。

清华毕业时照例要考体育，包括田径、爬绳、游泳等项。我平常不加练习，临考大为紧张，马约翰先生对于我的体育成绩只是摇头太息。我记得我跑四百码的成绩是九十六秒，人几乎晕过去。一百码是十九秒。其他如铁球、铁饼、标枪、跳高、跳远都还可以勉强及格，游泳一关最难过。清华有那样好的游泳池，按说有好几年的准备应该没有问题，可惜是这好几年的准备都是在陆地上，并未下过水里，临考只得舍命一试。我约了两位同学各持竹竿站在两边，以备万一。我脚踏池边猛然向池心一扑，这一下子就浮出一丈开外，冲力停止之后，情形就不对了，原来水里也有地心吸力，全身直线下沉。喝了一口大水之后，人又浮到水面，尚未来得及喊救命，已经再度下沉。这时节两根竹竿把我挑了起来，成绩是不及格，一个月后补考。这一个月我可天天练习了，好在不止我一人，尚有几位陪伴我。补考的时候也许是太紧张，老毛病又发了，身体又往下沉，据同学告诉我，我当时在水里扑腾得好厉害，水珠四溅，翻江倒海一般，否则也不会往下沉。这一沉，沉到了池底。我摸到大理石的池底，滑腻腻的。我心里明白，这一回只许成功不许失败，便在池底连爬带泳地前进，喝了几口水之后，头已露出水面，知道快泳完全程了，于是从从容容来了几下子蛙式泳，安安全全地跃登彼岸。马约翰先生笑得弯了腰，挥手叫我走，说："好啦，算你及格了。"这是我毕业时极不光荣的一个插曲，我现在非常悔恨，年轻时太不知道重视体育了。

清华的体育活动也并不完全是洋式的，也有所谓国术，如打拳击剑之类，教师是李剑秋先生，他的拳是外家一路，急而劲，据说很有功夫。有时也开会表演，邀来外面的各路英雄，刀枪剑戟陈列在篮球场上，主人先踮踮脚，然后一十八般武艺一样一样地表演上场，其中包括空手夺刀之类。对于这种玩意，同学中也有乐此不疲者，分头在钻研太极八卦少林石头的奥秘。

（六）

五四运动发生在民国八年，我在中等科四年级，十八岁，是当时学生群中比较年轻的一员。清华远在郊外，在“五四”过后第二三天才和城里的学生联络上。清华学生的领导者是陈长桐。他的领导才能（charisma）是天生的，他严肃而又和蔼，冷静而又热情，如果他以后不走进银行而走进政治，他一定是第一流的政治家。他的卓越的领导能力使得清华学生在这次运动里尽了应尽的责任，虽然以后没有人以“五四健将”而闻名于世。自五月十九日以后，北京学生开始街道演讲。我随同大队进城，在前门外珠市口我们一小队人从店铺里搬来几条木凳横排在街道上，人越聚越多，讲演的情绪越来越激昂，这时有三两部汽车因不得通过而乱按喇叭，顿时激怒了群众，不知什么人一声喝打，七手八脚地捣毁了一部汽车。我当时感觉到大家只是一股愤怒不知向谁发泄，恨政府无能，恨官吏卖国，这股恨只能在街上如醉如狂地发泄了。在这股洪流中没有人能保持冷静，此之谓群众心理。那部被打的汽车是冤枉的，可是后来细想也许不冤枉，因为至少那个时候坐汽车而不该挨打的人究竟为数不多。

章宗祥的儿子和我同一寝室。五四运动勃发之后，他悄悄地走避了，但是许多人不依不饶地涌进了我的寝室，把他的床铺捣毁了，衣箱里的东西狼藉满地，我回来看到很有反感，觉得不该这样做。过后不久他害猩红热死了。

六月三日、四日北京学生千余人在天安门被捕，清华的队伍最整齐，所以集体被捕，所占人数也最多。

清华因为继续参加学生运动而引起学校当局的不满，校长张煜全先生也许是用人不当，也许是他自己过分慌张，竟乘学生晚间开会之际切断了电线，他以为这一着可以迫使学生散去，想不到激怒了学生，当时点起蜡烛继续开会，这是对当局之公然反抗。事有凑巧，会场外忽然发现了三五个衣裳诡异打着纸灯笼的乡巴佬，经盘问后，原来是由学校当局请来的乡间的“小锣会”来弹压学生的。所谓小锣会，即是乡村农民组织的自卫团体，遇有盗警之类的事变就以敲锣为号，群起抵抗，是维持地方治安的一种组织。糊涂的学校当局竟把这种人请进学校来对付学生，真是自寻烦恼。学生们把小锣会团团围住，让他们具结之后便把他们驱逐出校。但是驱逐校长的风潮也因此而爆发了。

“五四”往好处一变而为新文化运动，往坏处一变而为闹风潮。清华的风潮是赶校长。张煜全、金邦正，接连着被学生列队欢送迫出校外，其后是罗忠诒根本未能到差。这一段时期学生领导人之最杰出者为罗隆基，他私下里常说“九年清华，三赶校长”是实有其事。清华的传统的管理学生的方式崩溃了，学生会的坚强组织变成学生生活的中心。学生自治也未始不是一个好的现象，不过罢课次数太多，一快到暑假就要罢课，有人讥笑我们是怕考试，然乎否乎根本不值一辩，不过罢课这个武器用得次数太多反而失去同情则确是事实。

五四运动原是一个短暂的爱国运动，热烈的，自发的，纯洁的，“如击石火，似闪电光”，很快地就过去了。可是年轻的学生们经此刺激震动而突然觉醒了，登时表现出一股蓬蓬勃勃的朝气，好像是蕴藏压抑多年的情绪与生活力，一旦获得了迸发奔放的机会，一发而不可收，沛然而莫之能御。当时以我个人所感到的而言，这一股力量在两点上有明显的表现：一是学生的组织，一是广泛的求知欲。

在这以前，学生们都是听话的乖孩子，对权威表示服从，对教师表示尊敬，对职员表示畏惧。我刚到清华的时候，见到校长周寄梅先生真觉得战战兢兢，他自有一种威仪使人慑服，至今我仍然觉得他有极好的风度，在我所知道的几任清华校长之中，他是最令大家翕服的一个。学校的组织与规程，尽管有不合理处，学生们不敢批评，更不敢有公然反抗的举动。除了对于国文教师常有轻慢的举动以外，学生对一般教师是恭顺的。无论教师多么不称职，从没有被学生驱逐的。在中等科时，一位国文先生酒醉，拿竹板打了学生的手心，教务长来抢走了竹板，事情也就平息了，这事情若发生在今天那还了得！清华管理严格，记过、开除是经常有的事，一纸开除的布告贴出，学生乖乖地卷铺盖，只有一次例外。我同班的一位万同学，因故被开除，他跑到海淀喝了一瓶莲花白，红头涨脸地跑回来，正值斋务主任李胡子在饭厅和学生们一起用膳，就在大庭广众之下，上去一拳把他打倒在地，这是绝无仅有的一次犯上作乱的精彩表演。

“五四”以后情形完全不同了。首先要说起学校当局之颟顸无能，当局糊涂到用关灭电灯的方法来防止学生开会，召进乡间的“小锣会”打着灯笼拿着棍棒到学校里来弹压学生，这如何能令学生心服？周校长以后的几任校长，都是外交部派来的闲散的外交官，在做官方面也许是内行的，但是平素学问道德未必能服人，遇到这动荡时代更不懂得青年心理，当然是治丝益棼，使事态恶化。数年之内，清华数易校长，每一位都是在极狼狈的情形之下离去的。学生的武器便是他们的组织——学生会。从前的班长级长都是些当局属意的“墨盒”持有人，现在的学生会的领导者是些有组织能力的分子担当。所谓“团结即是力量”，道理是不错的。原来为了遂行爱国运动而组织起来的学生会，性质逐渐扩大，目标也逐渐转移了。学生要求自治，学生也要过问学校的事。清华的学生会组织是相当健全的，分评议会与干事会两部分，评议会是决议机关，干事会是执行机关，评议员是选举的，我在清华最后几年一直是参加评议会的。我深深感觉

"群众心理"是很可怕的，组织的力量如果滥用也是很可怕的。我们短短期间内驱逐的三位校长，其中有一位根本未曾到校，他的名字是罗忠诒，不知什么人传出了消息说他吸食鸦片烟，于是喧嚷开来，舆论哗然，吓得他未敢到任。人多势众的时候往往是不讲理的。学生会每逢到了五六月的时候，总要闹罢课的勾当，如果有人提出罢课的主张，不管理由是否充分，只要激昂慷慨一番，总会通过。罢课曾经是赢得伟大胜利的手段，到后来成了惹人厌恶的荒唐行为。不过清华的罢课当初也不是没有远大目标的。十一年三月间罗隆基写了一篇《彻底翻腾的清华革命》，发表在《北京晨报》，翌年三月间由学生会印成小册，并有梁任公先生及凌冰先生的序言，一致赞成清华应有一健全的董事会，可见清华革命之说确是合乎当时各方的要求。

嚣张是不须讳言的，但是求知的欲望也同时变得非常旺盛，对于一切的新知都急不暇择地吸收进去。我每次进城在东安市场、劝业场、青云阁等处书摊旁边不知消磨多少时光流连不肯去，几乎凡有新刊必定购置，不是我一人如此，多少敏感的青年学生都是如此。

我记得仔细阅读过的书刊包括有：胡适的《实验主义》《尝试集》《短篇小说集》《中国哲学史》，周作人的《欧洲文学史》《域外小说集》，王星拱的《科学方法论》，潘家洵译的《易卜生戏剧》，"少年中国"的丛书，共学社的丛书，

《晨报》丛书，等等。《新潮》《新青年》等杂志更不待言，是每期必读的。当然，那时候学力未充，鉴别无力，自己并无坚定的见地，但是扩充眼界，充实腹笥，总是一件好事。所以我那时看的东西很杂，进化论与互助论，资本论与安那其主义，托尔斯泰与萧伯纳，罗素与柏格森，泰戈尔与王尔德，兼收并蓄，杂糅无章。没有人指导，没有人讲解，暗中摸索，有时自以为发掘到宝藏而沾沾自喜，有时全然失去比例与透视。幸而，由于我的天生的性格，由于我的家庭的管教，我尚能分辨出什么是稳健的康庄大道，什么是行险侥幸的邪恶小径。三十岁以后，自己知道发奋读书，从来不敢懈怠，但是求知的热狂在“五四”以后的那一段期间仍然是无可比拟的。

因为探求新知过于热心，对于学校的正常的功课反倒轻视疏忽了。基本的科学，不感兴趣，敷敷衍衍地读完一年生物学之后，对于物理化学即不再问津，这一缺憾至今无法补偿。对于数学我更没有耐心，自己给自己制造了一个借口曰：“性情不近。”梁任公先生创“趣味说”，我认为正中下怀，我对数学不感兴趣，因此数学的成绩仅能勉强维持及格，而并不觉得惭怍。不但此也，在英文班上读些文学名著，也觉得枯燥无味，莎士比亚的戏剧亦不能充分赏识，他的文字虽非死文字，究竟嫌古老些，哪有时人翻译出来的现代作品那样轻松？于是有人谈高尔斯华绥、萧伯纳、王尔德、易卜生，亦从而附和之；有人谈莫泊桑、柴霍甫、屠格涅夫、法朗士，亦从而附和之。如响斯应，如影斯随，追逐时尚，皇皇然不知其所届。这是“五四”以后之一窝蜂的现象，表面上轰轰烈烈，如花团锦簇，实际上不能免于浅薄幼稚。

（七）

清华学生全体住校，自成一个社团，故课外活动也就比较多些。我初进清华，对音乐图画都很热心。教音乐的教师 Miss Seeley 循循善诱，仪态万千，是颇受学生欢迎的一个人。她令学生唱校歌（清华的校歌是英文的）以测验学生歌唱的能力，我一试便引起她的注意，因为我声音特高，而且我能唱出校歌两阕的全部歌词，后来我就当选为清华幼年歌咏团的团员。不知为什么这位教师回国后就一直没有替人，同时我的嗓音倒了之后亦未能复元，于是从此我和音乐绝缘。教图画的教师先是一位 Miss Starr，后是一位 Miss Lyggate，教我们白描，教我们写生、炭画、水彩画，可惜的是我所喜欢的是中国画，并且到了中等科三年级也就没有图画一课了。

我在图画音乐上都不得发展，兴趣转到了写字上面去。在小学的时候老师周士棻（香如）先生教我们写草书千字文，这是白折子九宫格以外的最有趣的课外作业，我的父亲又鼓励我涂鸦，因此我一直把写字当作一种享受。我在清华八年所写的家信，都是写在特制的宣纸信笺上，每年装订为一册，全是墨笔恭楷，这习惯一直维持到留学回国为止。有一天我和同学吴卓（鹊飞）、张嘉铸（禹九）商量，想组织一个练习写字的团体，吴卓写得一笔好赵字，张嘉铸写得一笔酷似张廉卿的魏碑体，众谋佥同，于是我就着手组织，征求同好。我的父亲给我们起了一个名字，曰“清华戏墨社”。大字，小楷，同时并进。包世臣的《艺舟双楫》、康有为的《广艺舟双楫》成了我的手边常备的参考书。我本来有早起的习惯，七点打起床钟，我六点就盥洗完毕，天蒙蒙亮我和几位同学就走进自修室，正襟危坐，磨墨伸纸，如是者两年，不分寒暑，从未间断，举行过几次展览。我最初看吴卓临赵孟頫《天冠山题咏》，见猎心喜，但是我父亲不准我写，认为应先骨格而后妩媚，要我写颜真卿《争座位》和柳公权的《玄秘塔》，同时供给我大量的珂罗版的汉碑，主要的是张迁碑、白石神君碑、孔宙碑，而以曹全碑殿后。这样临摹了两年，孤芳自赏，但愧未能持久，本无才力，终鲜功夫，至今拿起笔杆不能运用自如，是一憾事。

清华不是教会学校，所以并没有什么宗教气氛，但是有些外国教师及一些热心的中国人仍然不忘传教，例如查经班青年会之类均应有尽有，可是同时也有一批国粹派出面提倡孔教以为对抗。我对于宗教没有兴趣，不过于耶教孔教二者若是必须做一选择，我宁取后者，所以我当时便参加了一些孔教会的活动，例如在孔教会附设的贫民补习班和工友补习班里授课之类。不过孔子的学说根本不能构成宗教，所谓国教运动尤其讨厌。

“五四”以后，心情丕变。任何人在青春时期都会“怨黄莺儿作对，怪粉蝶儿成双”，都会变成为一个诗人。我也在荷花池畔开始吟诗了，有一首诗就题为《荷花池畔》，后来发表在《创造》季刊第四期上。我从事文艺写作是在我进入高等科之初，起先是几个朋友（顾毓琇、张忠绂、翟桓等）在校庆日之前凑热闹翻译了一本《短篇小说作法》，这是一本没有什么价值的书，不知为何选中了它。我们的组织定名为“小说研究社”，向学校借占了一间空的寝室作为会所。后来我们认识了比我们高两级的闻一多，是他提议把“小说研究社”改为“清华文学社”，添了不少新会员，包括朱湘、孙大雨、闻一多、谢文炳、饶子离、杨子惠等。闻一多是个多才多艺的人，他不仅年纪比我们大两岁，在心理的成熟方面以及学识修养方面，都比我们不止大两岁，我们都把他当作老大哥看待。他长于图画，而国文根底也很坚实，作诗仿韩昌黎，硬语盘空，雄浑恣肆，而情感丰富，正直无私。这时候我和一多都大量地写白话诗，朝夕观摩，引为乐事。我们对于当时的几部诗集颇有一些意见，《冬夜》里有

"被窝暖暖的，人儿远远的"之句，《草儿》里有《旗呀，旗呀，红、黄、蓝、白、黑的旗呀!》这样的一首，还有"如厕是早起后第一件大事"之句，我们都认为俗恶不堪，就诗论诗倒是《女神》的评价最高，基于这一点意见，一多写了一篇长文《〈冬夜〉评论》，由我寄给北京《晨报副刊》(孙伏园编)。我们很天真，以为报纸是公开的园地，我们以为文艺是可以批评的，但事实不如此。稿寄走之后，如石沉大海，杳无音讯，几番函询亦不得复音，幸亏尚留底稿。我决定自行刊印，自己又写了一篇《〈草儿〉评论》，合为《〈冬夜〉〈草儿〉评论》，薄薄的一百多页，用去印刷费百余元，是我父亲供给我的。这一小册的出版引起两个反响，一个是《努力周报》署名"哈"的一段短评，当然是冷嘲热骂，一个是创造社《女神》作者的来信赞美。由于此一契机我认识了创造社诸君。

我有一次暑中送母亲回杭州，路过上海，到了哈同路民厚南里，见到郭、郁、成几位，我惊讶的不是他们的生活的清苦，而是他们的生活的颓废，尤以郁为最。他们引我从四马路的一端，吃大碗的黄酒，一直吃到另一端，在大世界追野鸡，在堂子里打茶围，这一切对于一个清华学生是够恐怖的。后来郁达夫到清华来看我，要求我两件事，一是访圆明园遗址，一是逛北京的四等窑子，前者我欣然承诺，后者则清华学生夙无此等经验，未敢奉陪。

差不多同时我也由于通信而认识了南京高师的胡昭佐（梦华），由于他而认识了吴宓（雨僧），后来又认识了梅光迪（迪生）、胡先骕（步青）诸位。对于南京一派比较守旧的思潮，我也有一点同情，并不想把他们一笔抹煞。

我的父亲总是担心我的国文根底不够，所以每到暑假他就要我补习国文，我的老师是仪征陈止（孝起）先生，他的别号是大镫，是一位纯旧式的名士，诗词文章无所不能，尤好收集小品古董，家里满目琳琅。我隔几天送一篇文章请他批改，偶然也作一点旧诗。但是旧文学虽然有趣，我可以研究欣赏，却无模拟的兴致，受过“五四”洗礼的人是不能再回复到以前的那个境界里去了。

（八）

临毕业前一年是最舒适的一年，搬到向往已久的大楼里面去住，别是一番滋味。这一部分的宿舍有较好的设备，床是钢丝的，屋里有暖气炉，厕所里面有淋浴有抽水马桶。不过也有人不能适应抽水马桶，以为做这种事而不采取蹲的姿势是无法达成任务的（我知道顾德铭即是其中之一，他一清早就要急急忙忙跑到中等科去照顾那九间楼），可见吸收西方文化也并不简单，虽然绝大多数的人是乐于接受的。

和我同寝室的是顾毓琇、吴景超、王化成，四个少年意气扬扬共居一室，曾经合照过一张相片，坐在一条长凳上，四副近视眼镜，四件大长袍，四双大皮鞋，四条跷起来的大腿，一派生愣的模样。过了二十年，我们四个人在重庆偶然聚首，又重照了一张，当时大家就意识到这样的照片一生中怕照不了几张。当时约定再过二十年一定要再照一张，现在照第三张的时期已过，而顾毓琇定居在美国，王化成在葡萄牙任公使多年之后病殁在美国，吴景超在大陆，四人天各一方，萍踪漂泊，再聚何年？今日我回忆四十年前的景况，恍如昨日：顾毓琇以“一樵”的笔名忙着写他的《芝兰与茉莉》，寄给文学研究会出版，我和景超每星期都要给《清华周刊》写社论和编稿。提起《清华周刊》，那也是值得回忆的事。我不知哪一个学校可以维持出版一种百八十页的周刊，历久而不停，里面有社论有专文有新闻有通讯有文艺。我们写社论常常批评校政，有一次我写了一段短评鼓吹男女同校，当然不是为私人谋，不过措词激烈了一点，对校长之庸弱无能大肆抨击，那时的校长是曹云祥先生（好像是做过丹麦公使，娶了一位洋太太，学问道德如何则我不大清楚）大为不悦，召吴景超去谈话，表示要给我记大过一次，景超告诉他：“你要处分是可以的，请同时处分我们两个，因为我们负共同责任。”结果是采官僚作风，不了了之。我喜欢文学，清华文艺社的社员经常有作品产生，不知我们这些年轻人为什么有那样大的胆量，单凭一点点热情，就能振笔直书从事创作，这些作品经由我的安排，便大量地在《周刊》上发表了，每期有篇幅甚多的文艺一栏自不待言，每逢节日还有特刊副刊之类，一时文风甚盛。这却激怒了一位同学（梅汝璈），他投来一篇文章《辟文风》，我当然给他登出来，然后再辞而辟之。我之喜欢和人辩驳问难，盖自此时始，我对于写稿和编辑刊物也都在此际得到初步练习的机会。《周刊》在经济方面是由学校支持的，这项支出有其教育的价值。

我以《清华周刊》编者的名义，到城里陟山门大街去访问胡适之先生。缘因是梁任公先生应《清华周刊》之请写了一个《国学必读书目》，胡先生不以为然，公开地批评了一番。于是我径去访问胡先生，请他也开一个书目。胡先生那一天病腿，躺在一张藤椅上见我，满屋里堆的是线装书。这是我第一次见到胡先生，清癯的面孔，和蔼而严肃，他很高兴地应了我们的请求。后来我们就把他开的书目发表在《清华周刊》上了。这两个书目引出吴稚晖先生的一句名言："线装书应该丢到茅厕坑里去！"

我必须承认，在最后两年实在没有能好好地读书，主要的原因是心神不安，我在这时候经人介绍认识了程季淑女士，她是安徽绩溪人，刚从女子师范毕业，在女师附小教书。我初次和她会晤是在宣外珠巢街女子职业学校里。那时候男女社交尚未公开，双方家庭也是相当守旧的。我和季淑来往是秘密进行的，只能在中央公园、北海等地约期会晤。我的父亲知道我有女友，不时地给我接济，对我帮助不少。我的三妹亚紫在女师大，不久和季淑成了很好的朋友。青春初恋期间谁都会神魂颠倒，睡时，醒时，行时，坐时，无时不有一个倩影盘踞在心头，无时不感觉热血在沸腾，坐卧不宁，寝馈难安，如何能沉下心读书？“一日不见，如三秋兮！”更何况要等到星期日才能进得城去谋片刻的欢会？清华的学生有异性朋友的很少，我是极少数特殊幸运的一个。因为我们每星期日都风雨无阻地进城去会女友，李迪俊曾讥笑我们为“主日派”。

对于毕业出国，我一向视为畏途。在清华有读不完的书，有住不腻的环境，在国内有舍不得离开的人，那么又何必去父母之邦？所以和闻一多屡次商讨，到美国那样的汽车王国去，对于我们这样的人有无必要？会不会到了美国被汽车撞死为天下笑？一多先我一年到了美国，头一封来信劈头一句话便是：“我尚未被汽车撞死！”随后劝我出国去开开眼界。事实上清华也还没有过毕业而拒绝出国的学生。我和季淑商量，她毫不犹豫地劝我就道，虽然我们知道那别离的滋味是很难熬的。这时候我和季淑已有成言，我答应她，三年为期，期满即行归来。于是我准备出国。季淑绣了一幅《平湖秋月图》给我，这幅绣图至今在我身边。

出国就要治装，我不明白为什么外国人到中国来不需治中装，而中国人到外国去就要治西装。清华学生平素没有穿西装的，都是布衣布褂，我有一阵还外加布袜布鞋。毕业期近，学校发一笔治装费，每人约三五百元之数，统筹办理，由上海恒康西服庄派人来承办。不匝月而新装成，大家纷纷试新装，有人缺领巾，有人缺衬衣，有的肥肥大大如稻草人，有的窄小如猴子穿戏衣，真可说得上是“沐猴而冠”。这时节我怀想红顶花翎靴袍褂出使外国的李鸿章，他有那一份胆量不穿西装，虽然翎顶袍褂也并非是我们原来的上国衣冠。我有一点厌恶西装，但是不能不跟着大家走。在治装之余我特制了一面长约一丈的绸质大国旗——红黄蓝白黑的五色旗，这在后来派了很大的用场，在美国好多次集会（包括孙中山先生逝世时纽约中国人的追悼会）都借用了我这一面特大号的国旗。

到了毕业那一天（六月十七日），每人都穿上白纺绸长袍黑纱马褂，在校园里穿梭般走来走去，像是一群花蝴蝶。我毕业还不是毫无问题的，我和赵敏恒二人因游泳不及格几乎不得毕业，我们临时苦练，豁出去喝两口水，连爬带泳，凑合着也补考及格了，体育教员马约翰先生望着我们两个人只是摇头。行毕业礼那天，我还是代表全班的三个登台致辞者之一，我的讲词规定是预言若干年后同学们的状况，现在我可以说，我当年的预言没有一句是应验了的！例如：谢奋程之被日军刺杀，齐学启之殉国，孔繁祁之被汽车撞死，盛斯民之疯狂以终，这些倒霉的事固然没有料到，比较体面的事如孙立人之于军事，李先闻之于农业，李方桂之于语言学，应尚能之于音乐，徐宗涑之于水泥工业，吴卓之于糖业，顾毓琇之于电机工程，施嘉炀之于土木工程，王化成、李迪俊之于外交……均有卓越之成就，而当时也并未窥见端倪。至于区区我自己，最多是小时了了，到如今一事无成，徒伤老大，更不在话下了。毕业那一天有晚会，演话剧助兴，剧本是顾一樵临时赶编的三幕剧《张约翰》。剧中人物有女性二人，谁也不愿担任，最后由我和吴文藻承乏。我的服装有季淑给我缝制的一条短裤和短裙，但是男人穿高跟鞋则尺寸不合无法穿着，最后向Miss Lyggate借来一试，还累嫌松一点点。演出时我特请季淑到校参观，当晚下榻学生会办公室，事后我问她我的表演如何，她笑着说："我不敢仰视。"事实上这不是我第一次演戏，前一年我已经演过陈大悲编的《良心》，导演人即是陈大悲先生。不过串演女角，这是生平仅有的一次。

拿了一纸文凭便离开了清华园，不知道是高兴还是哀伤。两辆人力车，一辆拉行李，一辆坐人，在骄阳下一步一步地踏向西直门，心里只觉得空虚怅惘。此后两个月中酒食征逐，意乱情迷，紧张过度，遂患甲状腺肿，眼珠突出，双手抖颤，积年始愈。

家父给了我同文书局石印大字本的前四史，共十四函，要我在美国课余之暇随便翻翻，因为他始终担心我的国文根底太差。这十四函线装书足足占我大铁箱的一半空间，这原是吴稚晖先生认为应该丢进茅厕坑里去的东西，我带过了太平洋，又带回了太平洋，差不多是原封未动缴还给家父，实在好生惭愧。老人家又怕我在美膏火不继，又给了我一千元钱，半数买了美金硬币，半数我在上海用掉。我自己带了一具景泰蓝的香炉，一些檀香木和粉，因为我认为这是中国文化中最好的一项代表性的艺术品，我一向向往“焚香默坐”的那种境界。这一具香炉，顶上有一铜狮，形状瑰丽，闻一多甚为欣赏，后来我在科罗拉多和他分手时便举以相赠。我又带了一对景泰蓝花瓶，后来为了进哈佛大学的缘故在暑期中赶补拉丁文，就把这对花瓶卖了五十元美金充学费了。此外我还在家里搜寻了许多绣活和朝服上的“黻子”，后来都成了最受人欢迎的礼物。

民国十二年八月里，在凄风苦雨的一天早晨，我在院里走廊上和弟妹们吹了一阵胰子泡，随后就噙着泪拜别父母，起身到上海候船放洋。在上海停了一星期，住在旅馆里写了一篇纪实的短篇小说，题为《苦雨凄风》，刊在《创造周报》上。我这一班，在清华是最大的一班，入学时有九十多人，上船时淘汰剩下六十多人了。登“杰克逊总统号”的那一天，船靠在浦东，创造社的几位到码头上送我。住在嘉定的一位朋友派人送来一面旗子，上面亲自绣了“乘风破浪”

四个字。其实我哪里有宗悫的志向？我愧对那位朋友的期望。

清华八年的生涯就这样地结束了。

编辑附记

“壹本”系列以“一本书了解一位名家”为宗旨，从当下读者爱读、想读和需要读的角度进行编选，打破文体的界限，精选现当代文学名家经典之作，版本精良。

本书精选著名散文家、翻译家梁实秋的散文小品。为了方便读者阅读，同时兼顾原作风貌，在编辑过程中，适当修改了明显的排印错误和个别容易造成理解混乱的字词及标点符号。对于体现作家鲜明创作个性的字词和反映当时行文习惯的标点符号予以保留。

图书在版编目(CIP)数据

雅舍小品:梁实秋精读/梁实秋著.—杭州:浙江文艺出版社,2021.7(2021.11重印)
ISBN 978-7-5339-6189-3

Ⅰ.①雅…　Ⅱ.①梁…　Ⅲ.①散文集—中国—当代　Ⅳ.①I267

中国版本图书馆CIP数据核字(2020)第143792号

策划统筹　王晓乐
责任编辑　谢园园
责任校对　许红梅
责任印制　张丽敏
版式设计　吕翡翠
封面设计　介　桑
营销编辑　张恩惠

雅舍小品——梁实秋精读

梁实秋 著

出版发行　浙江文艺出版社
地　　址　杭州市体育场路347号
邮　　编　310006
电　　话　0571-85176953(总编办)
　　　　　0571-85152727(市场部)
制　　版　杭州天一图文制作有限公司
印　　刷　浙江新华数码印务有限公司
开　　本　880毫米×1230毫米　1/32
字　　数　144千字
印　　张　7.5
插　　页　2
版　　次　2021年7月第1版
印　　次　2021年11月第2次印刷
书　　号　ISBN 978-7-5339-6189-3
定　　价　39.80元